悪評令嬢なのに、美貌の公子が迫ってくる

柏みなみ

B's-LOG BUNKO

ビーズログ文庫

イラスト／ザネリ

Contents

ラウル＝クレイトン
幼い頃から神童と呼ばれる
容姿端麗な完璧公子。
王国騎士団の団長を勤めるエリートで
令嬢たちの憧れの人物。
悪評令嬢なのに、美貌の公子が迫ってくる
登場人物紹介
パレンティア＝カーティス
魔道具の研究が大好きなカーティス伯爵家の令嬢。
引きこもりでいるために自ら悪女の噂を流している。

ダレス=サダ

サダ伯爵家の子息。
傲慢な性格でパレンティアを見下している。

ローズ=カーティス

パレンティアの姉。
明るく、社交界でも有名な美人。

ミリア=ヘンガー

ヘンガー男爵家の令嬢。
アカデミー時代の
パレンティアの唯一の友人。

ブランカ

パレンティアの侍女。
研究の助手もしている。

アリシア=クレイトン

兄ラウルに並ぶほどの美貌で
社交界の花と呼ばれるほど美しい
クレイトン公爵家の令嬢。

プロローグ

「……公子様。私たち、やっぱり合わないと思うんです」

「そうですか？　俺はとっても合うと思いますけどね」

国立公園を一望できるカフェのテラス席の風はこんなにも気持ちいいのに、私の心には暴風雨が吹《ふ》き荒《あ》れ、平静を装《よそお》うのに精一杯《せいいっぱい》だ。

ここは広大なソレイユ王国国立公園の一画に造られた、四年に一度開かれる大規模魔道《まどう》具《ぐ》博覧会の会場。

そこに併設《へいせつ》された、白を基調とした上品なカフェでは、国内外の多くの貴族が博覧会の話に花を咲《さ》かせていた。

そんな中、渾身《こんしん》の笑《え》みで公子様に私たちの相性の悪さを告げるが、腹が立つほどに整った顔立ちの彼は、意外なことをおっしゃるという表情で軽く微笑《ほほえ》んでいる。

ラウル＝クレイトン公子。

若干二十歳《じゃっかんはたち》にして王国騎士《きし》団の団長にまで上《のぼ》り詰《つ》めた彼は、今日は騎士服ではなく、濃紺《のうこん》のジャケットに金糸の刺繍《ししゅう》が施《ほどこ》された一目で一級品と分かる貴公子然とした出立《いでた》ちで、周囲の令嬢《れいじょう》たちからは感嘆《かんたん》のため息が聞こえてくる。

そんな令嬢方の視線を独り占《ひとじ》めする男性は、さらさらと靡《なび》く銀の髪《かみ》に、紫水晶《むらさきずいしょう》の瞳《ひとみ》を蕩《とろ》けんばかりに輝《かがや》かせて、私を見つめていた。

カフェの店内にいる人たちも、公園を散策する人たちも、誰《だれ》もが私たちの会話に聞き耳を立てていた。

「でも、公子様は無理に私に合わそうとしていらっしゃるでしょう？　そういうのは長く続きませんわ。私も気疲《きづか》れしてしまいますし。結婚《けっこん》なんて到底《とうてい》話になりません」

ツンと顎《あご》を上げて、ここ数日頑張《がんば》って予習した小説や恋愛《れんあい》指南本の中に書かれている嫌《きら》われる女性の台詞《せりふ》や行動がどんなだったか、記憶《きおく》を掘《ほ》り起《お》こす。

「それに私はお金がかかりますわよ。ええと。ほら、最近人気の……その、……『マダム＝シュンリー』のドレスも揃《そろ》えたいし」

「あぁ、『マダム＝シュンロー』ですね。妹も好きだと言ってました。話が合いそうだ」

「……それから、何でしたっけ……。ミッツ……いえ、『ヒッツベリー』の宝石もシーズン毎《ごと》に揃えたいし」

「『ヴィッツベリー』の宝石は母も妹もよく身につけています。貴女《あなた》を着飾《きかざ》らせる栄誉《えいよ》をいただけるなんてこの上ない幸せです」

〝パレンティアお嬢様《じょうさま》。店名を間違《まちが》えないでくださいよ。昨日散々練習したでしょう？〟

そんな侍女《じじょ》のブランカの呆《あき》れた声が今にも聞こえてきそうだ。

普段《ふだん》言い慣れない上に、興味のない店の名前など、全く頭に入ってこないのだから仕様がない。

戸惑《とまど》いを隠《かく》せない私に、公子様がふっと美しすぎる口元に弧《こ》を描《えが》く。

ここで挫《くじ》けてはいけないと、これでもかと言わんばかりにツンと顎を上げて、自分の黒《くろ》髪《かみ》を肩《かた》からさらりと手で後ろに払《はら》った。

「そもそも、貴方《あなた》と遊んでも楽しめるとは思いませんもの」

「そんなこと言わずに、お試《ため》しでもいいので。俺は貴女に遊ばれるなら本望《ほんもう》ですよ」

「何度も申し上げましたが、他の殿方《とのがた》とのデートの予約でいっぱいですので、公子様と遊ぶのは随分《ずいぶん》先の話になりますわね」

引きこもりの私の遊び相手なんて、異性どころか同性にもいないけどね。と自分で自分に突《つ》っ込んで少し凹《へこ》むが、気を緩《ゆる》めている場合ではない。

目の前にいるのは数々の令嬢と恋《こい》の花を咲かせてきたという恋愛『超《ちょう》』上級者なのだ。

微笑んだ公子様が煌《きら》めかせた瞳は、思わず喉《のど》をごくりと鳴らしてしまうほどにひんやりした空気と色香を放っていた。

「列に並んで大人しく順番を待つほど、出来た人間ではないので。その彼らには順番を譲《ゆず》っていただきましょう」

整いすぎた顔は、微笑んでいても畏怖《いふ》の念すら湧《わ》いてくるものだと初めて知る。

待って。本当に困る。

「……公子様なら、遊び相手にはお困りではないでしょう？」

「遊んでいただきたい女性はパレンティア嬢《じょう》だけですよ。そしてできれば、貴女の最後の遊び相手に」

この世のものとは思えない美しい顔に笑みを湛《たた》えて公子様が言えば、周囲の令嬢方から「なんであんな女が！」と耳を劈《つんざ》くような悲鳴が上がる。

「なんで私が！」と悲鳴を上げたいのはこちらの方。

なんとしてでも私は自分で流した悪評を実践《じっせん》して、公子様に『こんな女とは婚約《こんやく》したくない』と思ってもらわないと困るのだ。

私が、自由で、満ち足りた引きこもり研究ライフを送るためにも！

一章　望まぬ婚約

「婚約《こんやく》？」

　私用に与《あた》えられた研究室で、一昨日採取したばかりのアズナの実をすり鉢《ばち》でゴリゴリと粉砕《ふんさい》しながら父に聞き返した。

　ノックもなしに勢いよく開けられたドアから、血相を変えた父と兄が雪崩《なだ》れ込んできたから何事かと思ったが、長年相手を決められなかった兄の婚約が決まったのだろう。礼儀《れいぎ》も忘れてしまうほど嬉《うれ》しかったのかと、こちらも喜びに頬《ほお》が緩《ゆる》んだ。

　肩下《かた》まで伸《の》ばした黒髪《くろかみ》を一つに纏《まと》めた美丈夫《びじょうぶ》の兄は、身内の欲目を除いても美しいと思う。

「まぁ、兄様のご婚約が整ったのですか？　おめでとうございます。お相手はどな……」

「お前だ！　パレンティア！　お前に結婚《けっこん》の申し込みが来てるんだ！」

　見せつけるように私の目の前に突《つ》き出《だ》された手紙に、すりこぎを回していた手と思考が停止する。

「わた……し？」

「……そうだ。クレイトン公爵《こうしゃく》家から手紙が届き、ぜひ長男のラウル＝クレイトンとパレンティア嬢《じょう》との結婚をと……」

「またまた、お父様ってば、冗談《じょうだん》ばっかり。あんなに私の悪評が流れてるというのに、そんなことある訳ないじゃないですか」

笑えませんよ、と笑顔《えがお》で言いつつ再度すりこぎの手を動かし始めた。

「冗談ではない……」

と、父がひらひらと私の目の前に差し出した手紙の封蝋《ふうろう》には、クレイトン公爵家の家紋《かもん》である睡蓮《すいれん》の印がはっきり見える。

「ラウル＝クレイトン次期公爵と言ったら、『完璧公子《かんぺきこうし》』と呼ばれる王国騎士《きし》団の団長をされている方だ。幼い頃《ころ》から神童と呼ばれるほど優秀《ゆうしゅう》で、整った顔立ち。花婿《はなむこ》候補ナンバーワンで常に女性が列をなしているという。どこまで本当か分からないが彼の恋愛《れんあい》事情も華《はな》やかだとか……。なぜ社交界にも出ないティアに？」

「兄様のおっしゃる通りですわ。そんな方が私に求婚《きゅうこん》だなんて。姉様と間違《まちが》えていらっしゃるのでは？」

王国の盾《たて》と言われるクレイトン公爵家は代々武人を多く輩出《はいしゅつ》する名門貴族。

我が国、ソレイユ王国に二つしかない公爵家の一つだ。

「ちなみに、この手紙は二通目だ。三日前にも同様の手紙が来たので、『長女のローズとお間違えではないか。次女のパレンティアはとても嫁《よめ》に出せるような娘《むすめ》ではない』と返信をしたが、求婚したいのは間違いなくパレンティア嬢で、せめて一度会って欲しいと……。クレイトン公爵家ともなれば、我々伯爵《はくしゃく》家では到底袖《とうていそで》にできない家門だ。だから……」

父の言葉に、その先は言わないでと手で制すと、父も口ごもった。

「……貴族のご令嬢《れいじょう》にモテモテで、騎士団長と言うことは、それはもう……『社交界でも中心的』な存在で『華やかで』『男らしい方』……なんでしょうね」

そんな方に会えと？　引きこもりを拗《こじ》らせて人嫌《ひとぎら》いに対人恐怖症《きょうふしょう》気味の私に？

月とスッポン。もはや住む世界の違《ちが》う人だ。

恐《おそ》る恐る兄に尋《たず》ねると、気まずそうに兄が視線を逸《そ》らす。

「……そうだな。王太子殿下《でんか》とも幼少の頃から親しく、貴重な魔法《まほう》の使い手で、王の覚えもめでたいと。それに王国騎士団の団長だから……」

困ったように言葉を選ぶ兄に、それ以上言わなくていいと手で制す。

「無理！　無理無理無理無理！　無理です‼」

言いながら、ガタン！　と勢いよく席を立ったのがまずかった。アズナの実と混ぜようと事前に用意していた薬液の入った容器が倒《たお》れ、中身をぶち撒《ま》けてしまった。

「ぎゃあぁぁあ！　一週間かけて抽出《ちゅうしゅつ》した薬剤《やくざい》が！　魔法石を入れる直前だったのに！」

三日三晩、満月の光に当てながら粘度《ねんど》が出るまでこまめに混ぜて作った渾身《こんしん》の薬剤が！

こんなうっかりで！

「落ち着け、ティア！　落ち着け！　兄がなんとかしてやるぞ！」

「いくらなんでも『ぎゃあ』はないだろう……」

「お嬢様《じょうさま》。ご安心ください。まだ薬液はあちらの瓶《びん》に残っておりますから」

兄の焦《あせ》りと、父の呆《あき》れた声に被《かぶ》せるように、私の助手兼侍女《けんじじょ》のブランカが、落ち着いた声で壁際《かべぎわ》の棚《たな》にある瓶を指差して言った。

「よ……良かった」

「お前は、本当に魔道具《まどうぐ》のこととなると人が変わるな……」

ため息混じりの父の声など耳に入らず、ブランカと薬液のこぼれた机の上を片付けながら父に視線を向ける。

「と、いうか。お父様、私の悪い噂《うわさ》はきちんと流してくださっているんですよね⁉」

「もちろんだ。『贅沢《ぜいたく》が大好きで、わがまま放題。夜な夜な遊び歩き、男どもを手玉に取るのが趣味《しゅみ》のようなもので、父親も勘当《かんどう》寸前』と、お前に結婚の話が来ないように、お前の希望通りの噂を一生懸命《いっしょうけんめい》流したんだ！　実際今まで一つも来なかっただろう？」

「僕だって、社交の場に出る度《たび》に『妹の贅沢と横暴ぶりに手を焼いている。嫁のもらい手は望めない』と頑張《がんば》ってボヤいてるよ」

困惑《こんわく》する父と兄に、私も「だったらなぜ……」と首を傾《かし》げた。

チラリと父が視線だけで『本当は何か心あたりがあるんじゃないか？』と言ってくるが、心あたりはないとブンブンと頭を左右に振《ふ》る。

こちとら引きこもり歴三年で、もう貴族男性とつながるような……。

「この手紙には、お前への求婚と、……それから先日家族を助けてもらったお礼がしたいと書いてあったが。何のことか分かるか？」

さっぱり分かりませんと首を捻《ひね》り、たっぷり五秒考えた時点でハッとした。

「……‼　あああ！　一週間前ラーガの森で、ご令嬢にお会いして……」

「……どんなご令嬢だった？」

父と兄がごくりと喉《のど》を鳴らし、息を詰《つ》める。

「美しい月の光のような銀の髪《かみ》に、アメジストを彷彿《ほうふつ》とさせる紫《むらさき》の瞳《ひとみ》。そして、女神《めがみ》を具現化したような、息を飲むほどの美しい方でした……」

「銀髪《ぎんぱつ》、紫眼《しがん》。美しい容姿……」

「間違いなく『社交界の薔薇《ばら》』と呼ばれるクレイトン公爵家のアリシア嬢だな。その彼女がなんでラーガの森でティアと会うんだ？」

兄の質問に、まずいと一瞬《いっしゅん》言葉に詰まる。

「パレンティア……お前、まさか」

「その……森に採取に行った際に、アリシア様が……盗賊《とうぞく》に襲《おそ》われていたところをお助けして、一晩洞窟《どうくつ》で過ごした後、無事に騎士団の方がお迎《むか》えに来られまして」

「「……盗賊って……」」

父も兄もふらりとめまいがしたかのように項垂《うなだ》れる。

「あ！　でもでも！　お父様と兄様の言いつけを守って護身用魔道具を大量に持って行っていたのでことなきを得ました！」

「『ことなきを得ました』じゃない！　なぜそれを報告しない！」

ごもっともの指摘《してき》に体が竦《すく》む。

「ごめんなさい。私はカーティス家の者だと名乗っていないし、高貴な方だとは思ったんですが、正体を明かしたくないようで名乗られませんでしたし、……お忍《しの》びかと」

「無事だったから良いものの、どんなに護身用の魔道具を揃《そろ》えても心配でたまらんよ」

はぁ……、と目の前の二人が深い……深ーいため息をついた。

外出時、私に護衛はつかない。

家族や幼い頃から一緒《いっしょ》にいるブランカは別として、他人とコミュニケーションを取るのが億劫《おっくう》だし、苦手だし、気を使ってしまうからだ。

特に採取をする時は、あっちも行きたい、あれも採りたいと言うと、困らせるんじゃないかと気にしてしまうので、好きに動ける一人が楽なのだ。

そのため、一人で外出する際は護衛をつけない代わりに、ありったけの護身用魔道具を持たないと外出させてもらえない。

でも、あれだけの護身用魔道具があれば、騎士数人分に匹敵《ひってき》するので、こちらの方が安全な気もする。

それでも基本的には、どこかに行く際はブランカと一緒に出掛《でか》けている。今回はブランカに用事を頼《たの》んでいたので一人で出掛けたけれど、それはよくあることだ。

「……で、助けたのは分かった。それがなぜ婚約したいという話になるんだ？」

「さぁ……？」

首を捻り返事をすると、兄が「ハッ！　分かった！」と手を打つ。

「アリシア嬢は常に社交界の中心だから、お前の悪い噂話《うわさばなし》を聞かないわけがない。しかし、助けられた際に何かの時点でパレンティアがカーティス家の次女と知り、お前の優《やさ》しさと聡明《そうめい》さと可愛《かわい》らしさが噂と違うことに気づく」

「に、兄様……？」

「そして、ティアが家の中で爪弾《つまはじ》きにされているのではないかと思ったに違いない！　家族全員で虐《いじ》めて全くのデタラメをばら撒いていると！」

確信に目を輝《かがや》かせて兄が拳《こぶし》を握《にぎ》りしめた。

「そして、助けられたアリシア嬢がティアの素晴《すば》らしさをラウル殿《どの》に語り、お前を魔《ま》の巣窟《そうくつ》のカーティス家から救い出すようお願いしたのでは……!?　それで婚約したいと……」

なるかー！　と、ツッコミたいが、これしかないと拳を握りしめて言い放つ兄の言葉に開いた口が塞《ふさ》がらない。

「王都で人気の小説ですね。『家族に虐《しいた》げられた令嬢が王子に助けられ幸せになる』という」

「兄様、そんな小説の内容を真に受ける貴族なんていないでしょう？　まして高位貴族のクレイトン公爵家ですよ」

とにかく。と、兄とブランカの妄想に呆れながら父に向き直った。

「お父様……、お願いですから、……お断りしてください」

「もちろんだ。……しかし、ほら、返事は急がなくていいので、一度見合いの席をと書いてあるから、その上で断……」

「お父様！」

祈《いの》るような、私の必死さが滲《にじ》み出《で》ていたのだろう。父は少し困ったように、それでも『すぐに断りの手紙を出そう』と微笑《ほほえ》んだ。

「ありがとうございます！　私の至らぬ点をここぞとばかりに返事のお手紙に書き連ねてくださいね。盛《も》りに盛って！」

そう言って、私は父が頷《うなず》くのを確認《かくにん》してから、逃《に》げるように研究に戻《もど》った。

二章　舞踏会

　それから数日後、父に書斎《しょさい》に呼び出され、何事かと向かうと、今度は王太子殿下《でんか》から私宛《あて》に盗賊討伐《とうぞくとうばつ》協力のお礼を言いたいと、舞踏会《ぶとうかい》への招待状が届いたという。

「……」

　父がスッと差し出してきた手紙に、思わず半歩後退し、まるで呪《のろ》いのかかったものでも見るかのような視線を無言で送る。

「この国広しといえど、王太子直々に送ってこられた舞踏会への招待状を、そんな目で見るのはお前くらいだろうな」

「麗《うるわ》しのクレイトン公子様の求婚《きゅうこん》を断るのもティアぐらいさ」

　なぜかそれを自慢《じまん》げに言う兄に父がため息をつく。

「これは、断れませんよね……」

「王太子直々のご招待だからな」

「ですよね……」

　父のどうしようもないというその言葉に、一気に体の力が抜《ぬ》けていった。

「それから、公子様からドレスが届いてるんだが……」

「はい⁉」

父の合図で、部屋のど真ん中に突然《とつぜん》メイドたちが運んできたドレスを見て、開いた口が塞《ふさ》がらなくなった。

薄紫《うすむらさき》の光沢《こうたく》のある生地《きじ》に、銀糸で繊細《せんさい》な睡蓮《すいれん》の刺繍《ししゅう》が施《ほどこ》されたドレスは、楚々《そそ》とした美しさを放っている。

「このドレス、今流行のマダム＝シュンローのサロンのデザインじゃない。さすがクレイトン公爵《こうしゃく》家からの贈《おく》り物《もの》は違《ちが》うわね。注目されること間違《まちが》いないわ。しかもクレイトン公爵家の家紋《かもん》の睡蓮が刺繍してあるなんて……」

流行に敏感《びんかん》な姉が、公爵家からドレスが届いたと聞き、興味深げにやってきていた。

そんな姉の言葉にひゅっと息を呑《の》み、思わずドレスから一歩下がってしまう。

「あと、揃《そろ》いの靴《くつ》とイヤリング、ネックレスも届いております」

追い打ちをかけるように、ブランカがさらに箱を三つ開けて私に見せた。

「完璧《かんぺき》ね。あそこのドレスは予約しても一年待ちと聞いていたけれど、見た感じ……恐《おそ》らくサイズもぴったりね」

そう言いながら私にドレスを宛《あ》てがうと、本当にジャストサイズで、平均的な女性よりも小柄《こがら》な私にぴったりのドレスにちょっと恐怖《きょうふ》が走る。

ドレスと共に送られた美しい靴もイヤリングも、細工や刺繍が睡蓮を模した揃いのものだ。

「お父様、結婚《けっこん》の申し込みにお断りの返事を送ってくださった……のでは？」

「送った……。が、やはり『せめて一度会いたい』と……」

「そんな……」

ガックリと項垂《うなだ》れる私にブランカが追い打ちをかけてくる。

「メッセージカードも付いておりますが？」

「読まなきゃダメ⁉」

私の切実な声に、姉と父、ブランカまでもが冷ややかな視線を向けてきた。

「貴女《あなた》をそんな失礼な令嬢《れいじょう》に育てた覚えはないわよ」

「姉様、大丈夫《だいじょうぶ》です。社交界では『わがままで礼儀《れいぎ》知らずな令嬢』で通っておりますから」

「貴女が実際に礼儀を欠くかは別問題でしょう？」

姉の正論すぎる直球が直撃《ちょくげき》し、「ですね……」と返事をして渋々《しぶしぶ》カードを手に取った。

添《そ》えられた白いカードは睡蓮を連想させる、少し甘やかで瑞々《みずみず》しい香りがする。

『舞踏会にエスコートさせていただきたいなどと贅沢《ぜいたく》なことは申しません。一目お会いできる日を楽しみにしております。ラウル＝クレイトン』

はらり……と私の手からこぼれ落ちたメッセージカードを姉が拾って内容を確認《かくにん》した。

「あらあらあら」

「ティア、一度会ってみてはどうだ？　既《すで》に二度も公爵家に断りを入れているんだ。『せめて会ってから』と先方が言うなら、会ってみて、相手を納得《なっとく》させるしかないだろう。それに、もうすぐ建国祭もあるし、それには一家総出で出ない訳にはいかん。練習と思って参加してみてもいいだろう」

「あぁ、気配を消す練習ですね……」

「いや、そうじゃなくて……」

毎年建国祭では上手《うま》く気配を消して、隅《すみ》の隅で一人耐《た》え忍《しの》んでいるが、今回は間違いなく王太子殿下に会わなければいけないというミッションがついていた。

毎年の建国祭は特に国王陛下への挨拶《あいさつ》は必要ないけれど、出席者名簿《めいぼ》に名前が残るため、いつもは受付だけしてメインホールに向かわず景色に同化していた。しかし今回はそういう訳にもいかない。

最後の手段は「姿を消す腕輪《うでわ》」を持っていき、実際に消えていればいいのだけれど。

「あ、あの腕輪はつけていくなよ。使い道の怪《あや》しい魔道具《まどうぐ》など不審《ふしん》なモノを持っていて何か企《たくら》んでいるのかと疑われてもたまらん。そうなれば騎士《きし》団に囲まれ、注目を浴びるのは必至だからな」

「……デスヨネ」

思わず内心舌打ちをするが、父は私の不満そうな顔を見て「持っていくんじゃないか」と心配しているようだ。

「それでは失礼します」とさっさと部屋を出ようとしたところ、「そういえば」と呼び止められた。

「パレンティア。最近また寝《ね》ていないと報告を受けているが、あまり無理をするんじゃないぞ。酷《ひど》いようなら、……研究室を取り上げるからな？」

父の低い声に、ぎくりと体を竦《すく》ませる。

父に告げ口したのは恐らくブランカだろう。

後ろに控《ひか》えていた彼女に視線をやると、素知らぬ顔で澄《す》ましていた。

「お父様。睡眠《すいみん》時間はきちんと確保しております。お気遣《きづか》いあり……」

「昨日は何時に寝たんだ？」

私の言葉を遮《さえぎ》った父の質問に「何時に寝たことにしようか」と一瞬躊躇《いっしゅんためら》ったのが致命《ちめい》的《てき》なミスだった。

「お嬢様《じょうさま》は午前三時にベッドに入られました」

裏切り者のブランカの発言に父の口元が引《ひ》き攣《つ》り、私の顔も同時に引き攣る。

「午前三時だと……？」

「あ、あの……。お父様。もう少しで今開発中の魔道具の実験が上手くいくところだったんです。それにその前の日は早く寝たんですよ！」

なんとか誤魔化《ごまか》そうとするも、父がチラリとブランカに確認するように視線を送る。

「前日は、午前二時半だったと記憶《きおく》しております」

「ブランカ！」

またしても、ブランカの余計な一言で、父の纏《まと》う気配が圧を増した。

「パレンティア！　今日から研究室の使用は午後九時までとする。ブランカ！　午後九時になったら私の元に研究室の鍵《かぎ》を持ってこい」

「かしこまりました。旦那《だんな》様」

「まま、待ってください！　それでは研究時間が一日五時間も減ってしまいま……あっ」

思わず口から出た抗議《こうぎ》の言葉に、父親の目が吊《つ》り上《あ》がり、ワナワナと震《ふる》え始めた。

「五時間だと……？」

「い、いえ。その……」

「今日は……研究室使用禁止だ」

父親の怒《いか》りを含《ふく》んだ有無《うむ》を言わせぬ命令に、放心状態の私はブランカに引きずられて書斎を出た。

「いつまで拗《す》ねてるんですか。私は遅《おそ》くまで研究してはいけませんと常々申し上げていたではありませんか」

「ブランカが告げ口するからこんなことになったんじゃない～」

夕食が終わってからも不貞腐《ふてくさ》れたまま、ブランカの淹《い》れてくれたお茶を片手に、書類の整理をしていた。

その中にあった、『ミリア＝ヘンガー』と差出人の名前が書かれた手紙が目につく。

彼女はアカデミー時代からの私の唯一《ゆいいつ》の友人だ。

「会いたいな……」

アカデミーには、祖父の勧《すす》めで入学した。

魔道具作りに関心を持ち始めた頃《ころ》、同い年くらいの子どもたちからは、『魔道具なんて興味ないし、一緒《いっしょ》にいてもつまらない』と、いつの間にかのけものにされていて、いつも一人でいた。そんな私に祖父は、『今はまだ世界が狭《せま》いだけで、アカデミーに行ったら共通の友達が見つかるんじゃないかな』と入学を勧めてくれた。

十三歳で、期待に胸を膨《ふく》らまして入学したアカデミーでは、いじめや人間関係の悩み、果ては魔道具の盗作《とうさく》の濡《ぬ》れ衣《ぎぬ》を着せられるなど嫌《いや》なことが重なり、逃《に》げるように退学してしまった。

そんな中でも、唯一優《やさ》しくしてくれて、信じてくれたのがヘンガー男爵《だんしゃく》家のミリアで、彼女とは今も一年に数回手紙のやり取りがあり、色々と心配してくれる手紙が届いている。退学から三年経った今でも人嫌《ひとぎら》いを拗《こじ》らせた上に、引きこもりすぎて対人恐怖症《きょうふしょう》になりつつある。

そんな状況《じょうきょう》もあり、結婚したくなくてわざわざ悪評を流してもらっているのに……。

「……ねえ、今更《いまさら》なんだけど、公子様……私の噂《うわさ》知らないのかしら」

「そんなことあります？　結構旦那様も頑張《がんば》ってお嬢様の悪評をばら撒《ま》いていらっしゃると思いますよ」

「騎士団って閉塞的《へいそくてき》だったりするとか？」

騎士団に興味がないのでよく分からないが、遠征《えんせい》すると中々帰ってこられないとか、寮《りょう》からほとんど出られないとか、何か特別なルールがあったりするのであれば、私の噂が耳に入らない可能性だってある。

「どうでしょう？　公子様も社交界で人気ですし、お嬢様がお助けになったというアリシア様も社交界の中心的人物と聞きますし、知らないなんてことありますかね？」

「そうよねぇ……」

ブランカと私は研究室でビーカーに淹れたお茶を飲みながら深いため息をつき、王太子からの招待状を手に取った。

「目立ちたくもないけど、隠《かく》れるのも無理そうよね……」

「ええ。究極の二択《にたく》ですね」

「『……』」

言葉をなくした私に、気遣う様子も見えないブランカが追い打ちをかけてくる。

「結婚しちゃえばいいんじゃないですか？」

「無理よ！　無理！　分かってるでしょう？　私に社交性のかけらも無いことくらい。公《こう》爵夫人《しゃくふじん》なんてとんでもないわ。クレイトン家の評判を地の底に叩《たた》きつけて、こんな嫁《よめ》はいらんってカーティス家に返されるのは目に見えてるわ。しかも、慰謝料《いしゃ》とか迷惑料《めいわく》とか請求《せいきゅう》されたらどうするのよ。無理よ。お嫁に行く前に胃痛で死んでしまうわ。……あ、なんかキリキリしてきた……」

『結婚』を考えただけで、なんだか胃のあたりが痛み始め、思わずそこに手を当てる。

想像するだけで胃が痛くなるような女など、公爵家だってお断りだろう。

いや、それよりも、悪評高い私に求婚すること自体が既に公爵家に泥《どろ》を塗《ぬ》るようなものだと思うけれど……。と、思いながらも、ブランカとどうしたものかと頭を抱《かか》えた。

「これは、有言実行しかないのではないでしょうか？」

「有言実行？」

「はい、お嬢様が噂通りの令嬢を演じるしかないかと」

そう言って、ブランカが一冊の本を私の目の前に置いた。

「今王都で話題になっている舞台《ぶたい》の原作小説です。『強欲《ごうよく》』『わがまま』『男好き』。お嬢様のばら撒いている噂通りのご令嬢の姿が、ヒロインのライバル役として描《えが》かれております」

「何これ？」

手渡《てわた》された本を手に取り、呆然《ぼうぜん》とそれを見つめた。

「対策を練って舞踏会に行かないと。話を聞く限り『恋愛《れんあい》上級者』の公子様相手では、あれよあれよという間に、教会の祭壇《さいだん》に立ってると思いますよ」

「ひっ！」

ブランカの言葉に、思わず体が竦み上がった。

確かに、このまま王宮に行っても、単なる地味令嬢という印象だけが残ってしまいかねないし、クレイトン公子の求婚を断るためにも『悪評令嬢』を演じてみるのが一番いいかもしれない。

手渡された小説をぎゅっと握《にぎ》りしめて視線を上げた。

「やるわ……」

「え？」

「やるわ。悪評通りに。私の研究ライフを守るためにも」

そう言うと、ブランカは少し楽しそうな目をしながら、「お手伝いいたします」と珍《めずら》しく微笑《ほほえ》んだ。

「それでは、『噂通りの令嬢』にふさわしいドレスと、宝飾《ほうしょく》品一式が必要ですね。明日の朝一番で、ブティックに行く準備をしておきます。明日は忙《いそが》しい一日になりそうですから、今日は早めにお休みになってくださいね」

「ええ、もう寝るわ。今日は研究室が使えなくて逆に暇《ひま》すぎて疲《つか》れたし」

そう言って、ブランカにありがとうと言い、ベッドに足を向けた。

あぁ。あんな事件さえ起こらなければこんなことにはならなかったのに。

あれもこれも全部盗賊たちのせいだ。

そう鬱々《うつうつ》とした気分で私はベッドに倒《たお》れ込みながら、あの日の出来事に思いを馳《は》せた。

――クレイトン公爵家から一通目の手紙が届く三日前。

「あ、アズナの実がなってる！　あ、ここにも！　あっちにも！　クルク、こっちよ」

自分の愛馬を誘導《ゆうどう》しながら、気持ちのいい風が吹《ふ》くトトルの丘《おか》を進んでいく。

足元には、三日前までは小さな花を咲《さ》かせていた丈《たけ》十五センチの草が、小さな実をつけていた。

「一日で実が落ちちゃうから、今日中に採れるだけ採っておかないと。なんだか雨が降りそうだし……」

雨で実を落とされては堪《たま》らない。一つでも多く摘《つ》んでおこうと通い慣れた場所を一心不乱に採取していく。

夢中になって地面に視線を落とし、アズナに心を奪《うば》われていたため、ふと視線を上げると、丘にいたはずが、いつの間にか山に入り、街道《かいどう》の近くまで来ていることに気がついて、さっと血の気が引く。

「あら、ここの街道は……最近盗賊が出るから近づかないようにって言われていたのに……。引き返さないと。念のためこれを使っておこうかしら……」

我がカーティス家の隊商も何度も襲《おそ》われたため、王国騎士団に討伐の依頼《いらい》をしたと父が言っていた。

今日もラーガの森から少し離《はな》れたトトルの丘に来るのも躊躇ったのだが、アズナの実がどうしても必要で、採取時期も短いため、意を決して来たのだ。

今シーズンを逃《のが》すと、また採取まで一年待たなければならないし、素材店に売っているものは乾燥《かんそう》していて効果が薄《うす》いので、どうしても採れたてのアズナが欲しかった。

街道に近づかないようにと思っていたのに……、魔道具のことになると夢中になる癖《くせ》をなんとかしなくては……。

左手に嵌《は》めた自作のマジックアイテムにそっと手を当て、発動する。

「よし。これで、私とクルクの姿は誰《だれ》にも見えないわね」

その時、遠くから数頭の馬が駆《か》けてくる音が聞こえた。何となく嫌な予感がして、下道が見える場所に移動する。

「嘘《うそ》っ」

その蹄《ひづめ》の音がする先には、馬に乗った十数人の無頼《ぶらい》者たちが、白馬に乗った一人の女性を追いかけているのが見えた。

彼らは明らかにこちらに向かってきている。

例の盗賊たちだろうか……。

ざわりと恐怖が押し寄せ、反射的にクルクの手綱《たづな》を引いて丘に戻《もど》るため、森の奥の元来た道を進む。

――大丈夫。

このままマジックアイテムで姿を隠して息を潜《ひそ》めていれば、万が一近づいてきても、彼らは気づかず通り過ぎて行くはずだ。

私一人では、どうしようもできっこないに決まっている。

激しい心音を耳に感じながら、街道から離れた場所へと足を進めた。

大丈夫よ、このまま……。このまま。

馬の蹄の音と、山に響《ひび》く男たちの女性を囃《はや》し立《た》てる声が近づいてくる。

「逃がすな逃がすな！　上玉だぞ！」

「護衛とも逸《はぐ》れて一人だ！　この先の騎士団の駐屯《ちゅうとん》地に逃げ込まれる前にさっさと捕《つか》まえろ！」

その言葉に女性が捕まる場面が頭を過《よぎ》り、膝《ひざ》が震えた。

彼女は捕まったらどうなるだろうか。

言葉にするのも恐ろしいことが起きるのだろう。

震える足で立ち止まったままでいると、クルクがじっとこちらの様子を窺《うかが》うように見ている。

街道の方からヒヒーンと甲高《かんだか》い馬のいななきが耳に届き、ハッとした時、クルクが街道に向かってツンと軽く手綱を引っ張った。

「クルク。……そうよね。私なら、ここの森には詳《くわ》しいもの……。こんな時のために色々鞄《かばん》に詰《つ》めて持ってきてるんだから……」

ぎゅっと拳《こぶし》を握りしめてクルクにまたがり、震える手で手綱を掴《つか》んで街道に向かった。

馬の足音がだんだんと近くなる度《たび》に、手綱を掴む手の震えを誤魔化そうと腕《うで》を軽く叩く。

逃げてくる女性の姿を確認すると、クルクの腹を軽く蹴《け》り、街道に向かった。

腕につけた魔道具で姿を隠しながら、いつでも他の魔道具が取り出せるようにそれらの入ったポシェットに片手を突っ込む。

森の中を追いかけられている女性に並走《へいそう》しつつチャンスを窺っていた時、一人の男が彼女の乗っている馬に矢を射《い》た。

「あっ！」

矢は白馬の左の腿《もも》に刺《さ》さり、白馬が体勢を崩《くず》して女性が投げ出された。こちらも慌《あわ》ててクルクに急ブレーキをかける。

幸い女性に怪我《けが》はなさそうで、地面に転がった彼女はむくりと起き上がったが、その彼女を盗賊たちが取り囲んだ。

私は慌ててポシェットから小箱を取り出し、蓋《ふた》を開けて、中のツマミを半分ほど捻《ひね》った。

キイイィィン……と甲高い音と共に目の前の盗賊たちが次々とその場に倒れ込んでいく。

「何だ⁉　おい……どう……し」

「おい！　なん……だ……」

周りの人間が急に倒れて行く様に盗賊たちは驚きながらも、そのまま全員地面に伏《ふ》した。

「全員寝たかしら……」

そっと彼らの元に足を運ぶと、グゥグゥと大いびきをかいて男たちは眠《ねむ》っている。

人間にしか効かない睡眠用魔道具なので、何が起きたのかと混乱している馬が数頭いたが、構ってはいられなかった。

魔道具を解除して女性に駆け寄ると、彼女の白馬が心配そうに主人に鼻を寄せている。

「大丈夫よ、眠っているだけだから。……貴方《あなた》にご主人様を運ぶのを手伝ってもらえると嬉《うれ》しいんだけど……その脚では厳しいかしらね」

矢の刺さった脚からは当然血が流れていて、早く手当てをした方が良さそうだ。

「クルク。彼女を乗せていいかしら」

クルクは女性の側《そば》で綺麗《きれい》に膝を折った。

「っ！　……おっも！」

彼女を乗せるため持ち上げようとするも、意識のない人間のなんと重いことか。

ずりずりと引きずる形で彼女を引っ張ると、彼女の白馬も彼女の体を持ち上げようと地面と体の間に鼻先を差し込み手伝ってくれた。

「よし、なんとか乗せられたけど……街に戻るにも貴方の怪我した脚では厳しそうね。雨も降りそうだし……。とりあえず近くの洞窟《どうくつ》に向かいましょう。……盗賊は放置しておいてもいいわよね……。半日は寝てくれるはずだから」

そして、私たちはその場を離れた。

「……ん」

眠っていた彼女の側で白馬の手当てをしていると、小さな声が聞こえた。

「お目覚めですか？　落馬されたようですが、お怪我はありませんか？」

雨音が響く洞窟の奥で、パチパチと小さな焚き火《たび》に照らされた彼女がうっすらと目を開ける。

彼女の耳元では小箱がリンリンと心地《ここち》好い小さな鈴《すず》の音を響かせていた。

「え⁉」

驚きに目を見開き、ガバッと体を起こした彼女がキョロキョロと周囲を見回す。

「ここは……？　確か森で……」

「安心してください。お嬢様を襲った盗賊たちはここにはいませんし、気づかれることもないと思います」

「……お嬢……？　あっ！　ええと、貴女《あなた》が……助けてくださったのですか？　どうやって。……まさか、急に眠気《ねむけ》に襲われたのは……」

寝起《ねお》きでまだ頭がぼんやりするのだろうか、少し混乱したように彼女が問いかけた。

こちらを見つめる瞳《ひとみ》に、綺麗なアメジストだなぁと思わず見惚《みと》れる。流れるプラチナの髪《かみ》もあまりに綺麗で、絵画から抜け出たような美しい顔を縁取《ふちど》っていた。

引きこもり歴も長く、社交活動も全くしない私がこんな綺麗な人と話すこともないので、緊張《きんちょう》してしまうのは仕様がないだろう。

「ええと……。たまたま襲われているのを見かけて……。助けようと思って貴女たちと並走していたんです。そこで貴女が落馬して盗賊たちに囲まれてしまったので、この『ねんころボックス』を使いました」

そう言って、彼女の横に置いていた小箱を手に取る。

「……ねんころボックス？」

何それ？ という表情丸出しの彼女に蓋を開けて説明する。

「これはですね。赤ちゃんを寝かしつけるために私が作った魔道具なんですが、ちょっと出力が強くなった上、音も不快な失敗作なんです……。この中にあるツマミを捻れば動かした目盛りの時間だけ眠るので、……盗賊たちは半日ほど眠ったままかと思います。お嬢様には目覚めの鈴の音をお聞かせしたので……寝ていたのは二時間というところでしょうか」

「あの甲高い音は、それだったのですね……」

「ええ。ちょっと耳障《みみざわ》りでしょう？ 改良中なんです」

「とてもいいタイミングで出てこられて……、びっくりしました。並走なさっていたのも気づきませんでした」

「ああ、それはですね、これで姿や音を消していたんです」

そう言って、腕につけたブレスレットを彼女に見せた。

「それは？」

「姿を隠す魔道具です。これをつけていれば、私を含め、私に触《ふ》れているものは姿が見えず、声や音を出しても周りには聞こえなくなるんです」

「そんな魔道具が？」

綺麗な紫水晶《むらさきずいしょう》の瞳を見開いた彼女が言った。

「ええ、実は偶然《ぐうぜん》の産物なのですが……。『ねんころボックス』と違って、改良以前の問題で、まだ同じものを再現できないんです」

そう言って、実演して見せようと腕輪に嵌め込んだ魔精石《ませいせき》に手を触れ魔道具を発動すると、彼女の瞳がさらに大きく見開かれる。

もう一度魔精石に手を触れ、魔道具を解除した。

「どうですか？」

「すごい。本当に全く見えない。これを貴女が？　素晴《すば》らしい魔道具ですね。そんなもの王都でも見たことも聞いたこともありません……。おかげで助かりました。ありがとうございます」

未完成品を披露《ひろう》するのは恥《は》ずかしいが、『すごい』と褒《ほ》められて悪い気はしない。

「……とんでもないです」

と照れながらもなんとか笑って返事をする。

「……っ」

「どうされました？」

急に固まった彼女に何かと尋《たず》ねると、慌てたように彼女は自分の白馬に視線を移した。

「あ、それにヴァイスまで手当てをしてもらって。何から何までありがとうございます」

「いえ、手当ての間も痛いでしょうに、嫌がる様子もなく、いい子で処置をさせてくれました。とても賢《かしこ》い子ですね」

「ええ。自慢の相棒で、大事な家族なんですよ」

彼女は立ち上がり、ヴァイスに目線を合わすようにして優しい手つきで白馬を撫《な》でる。

さっきまで横になっていたから気づかなかったが、身長は兄様と同じくらいありそうだ。

兄様も結構背の高い方だと思うけれど……。

そんな彼女にぴったりのドレスは顔の造作と雰囲気《ふんいき》も相まって、圧倒的《あっとうてき》な高貴さと美しさが滲《にじ》み出《で》ていた。

私は異国出身の母に似て、この国の女性の平均身長よりも小さいので、横に並ぶと『ちんちくりん』に見えることだろう。

そんなことを考えながら、愛おしむようにヴァイスを撫でる彼女と、彼女を信頼《しんらい》しているように鼻を擦《こす》り付《つ》ける白馬の様子を微笑ましく見ていた。

「ところで、ここはどこでしょうか？」

「ここは、レダ山の中腹にある洞窟です。もう少し先の領境まで行けば騎士団の駐屯地がありますが、雨ですし街に戻るにも同じくらい時間がかかるので、今夜はここで一晩明かそうと思うのですが、いかがでしょうか？」

「そうですね。確かに、……この雨では山を降りるのは危険ですね」

洞窟の入り口に視線をやった彼女は、「明日の朝には私の捜索隊《そうさく》も来るでしょうから」と困ったように笑った。

「ですが、貴女のご家族は心配されていらっしゃいませんか？」

「いいえ、薬草採取で帰らないのは日常茶飯事《にちじょうさはんじ》なので、特段心配されることはないですね」

薬草や、魔道具の素材を採りに行くのに二、三日家に帰らないことは多いので、ブランカに言っておけば特に心配はされない。そう考えたら、私は本当に自由にさせてもらっているなぁと痛感する。

「とりあえず、食事にしましょうか」

そう言って、肩《かた》からかけている手のひらサイズの革《かわ》のポシェットをゴソゴソと探《さぐ》り、鍋《なべ》やお皿、パンとハムに果物などを取り出すと、彼女が不思議そうに鞄を見つめた。

「……その鞄、たくさん入っているんですね。出てくるものとサイズが合ってないような気がするのですが」

「あぁ、これは『マジックバッグ』と言って、見た目の五十倍の物が入るんです。物を入れたからといって、重くもなりません。今日は薬草採取に来ていたのですが、採取に来る時は魔物《まもの》や盗賊対策のものをたくさん持たないと、家の外出許可が下りなくて。かといってそれを普通《ふつう》に持つと重くて歩けないので」

驚いたように彼女が大きな瞳を見開いた。

「『マジックバッグ』？　まさか……」

「ええ、マジックボックスの劣化《れっか》版みたいなものです」

安直すぎる、ネーミングセンスがない、とブランカに言われたのは黙《だま》っておく。

『マジックボックス』とは、王家が所有する収納魔法《まほう》の施された国宝で、収納上限のない箱だ。

かの有名な天才魔道具師《まどうぐし》『オルレイン』によって創り出された唯一無二《ゆいいつむに》の魔道具。

魔道具は、魔法陣《まほうじん》と呼ばれる回路と、魔精石と呼ばれる石が連動することにより発動する。

オルレインは約三〇〇年前に世界に魔道具を広めた人で、彼の存在が人々の暮らしを豊かにしたと言われている。

このソレイユ王国では誰もが魔力《まりょく》を持っているものの、実際に魔法が使える人間はごく僅《わず》か。魔法を使える者は簡単に火を出したり水を出したりできるけれど、千人に一人、いるかいないかだ。

だから、誰でも扱《あつか》える魔法のような便利な魔道具に人々は歓喜《かんき》した。

時間をかけずツマミ一つで火のつく竈《かまど》。ボタン一つで安全な灯《あか》りを灯《とも》すランプや、自動的に井戸から水を汲《く》み上げて、取っ手を捻れば水が出るホースなど。

どれほど生活が豊かになったか計り知れず、人々はその後も生活の向上を目指して魔道具の研究を続けている。

どこの国よりも素晴らしいものをと、ここソレイユ王国でも魔道具研究塔《とう》を作り、第二のオルレインを生み出そうと国家予算を注《つ》ぎ込んでいた。

そんなオルレインが作った魔道具の中でも特に有名な『マジックボックス』。

噂では、中に入っているのは宝物庫《ほうもつこ》に置き切れない財宝だとか、討伐した竜《りゅう》が封印《ふういん》されているなど色々な噂があるが、真偽《しんぎ》の程《ほど》は確かではない。

「王家のマジックボックスは貴重な魔法石と難解な魔法陣の技術を駆使《くし》して作られたものだと聞いていますが、私のこれは安価な魔法石で作っていますし、オルレインの技術も完璧に解析《かいせき》できた訳ではないので、収納に上限があるんです。でも、私一人分ならこれだけ収納できれば十分なので」

「いや、そうじゃなくて……。マジックバッグ自体が流通していないので……」

「確かにそうですね。でも、やはり消費者が求めるのは『上限なし』のものではないでしょうか？」

「……。上限があっても、誰もが欲しがると思いますけど……」

「うーん。どうでしょう。作るのに結構手間暇がかかるものなので手間賃に材料費、実際の効果を見た時に、値段が割に合わないと思いますけど……」

素材集めから、魔法陣の構築。魔法石を精製したり、薬剤《やくざい》を染《し》み込ませたり、……加工等も考えると出来上がるまで一年以上はかかる。その時間を商品に上乗せするとなると、内容の割に値段は跳《は》ね上がる。もっと効率よく作る方法はないかと試行錯誤《しこうさくご》しているが、中々上手くはいっていないのだ。

と、その時、私のお腹の虫が「ぐぅ」と、食事を要求する。

「あ……はは。とりあえず食事にしましょうか」

あまりの恥ずかしさに笑って誤魔化しながら、簡単なサンドウィッチと、野菜と干し肉のスープの調理に取りかかった。

「あの……今更ですが、お名前をお伺《うかが》いしても？　私はパレンティアと申します」

温かなスープを手に、向かいに座った彼女に尋ねた。

美しいプラチナの髪に、透《す》き通《とお》るような青味の濃《こ》い紫《むらさき》の瞳は今にも吸い込まれそうで、食事をする姿も上品だなぁとつい視線が行ってしまう。

着ているドレスはオーダーメイドの一級品と一目で分かるし、醸《かも》し出《だ》す雰囲気は、明らかに一般人《いっぱんじん》ではなく、高貴な血が流れていることを窺わせる。

今の王家に王女はいないはずなので、高位貴族のご令嬢ではないだろうか。

社交界に詳しくないので、心当たりはないけれど……。

「あ、……ええと」

言いにくそうに口ごもり、視線を逸《そ》らす仕草にお忍びかとピンと来た。

どう見ても高貴な令嬢で、もしや叶《かな》わぬ恋《こい》に駆け落ちでもしようとしたのだろうか。

――例えば、お家《うち》に仕える庭師の男性と恋に落ち、二人で手に手を取って生きていこうと約束していたとか。

「……ひょっとして、この先で誰かとお約束があったりしますか……？」

「あ、いえ。その……。それは、もういいんです」

間違いない！　あまりに気まずそうに視線を逸らす彼女の雰囲気が全てを物語っている。

相手の男性は来なかったのだろう。

彼女の実家から手切れ金でももらったのか、怖《こわ》くて逃げ出したのか、真実は分からないが、苦しそうに俯《うつむ》く彼女の気持ちを思うとあまりに可哀想《かわいそう》で、思わず涙《なみだ》が滲んだ。

恋人《こいびと》に裏切られた挙句、盗賊に追われてこんな洞窟で一晩過ごすことになるなんて……。

彼女を助けられて良かったと心から思う。

「え!?　パレンティア様!?　どうなさいました!?」

心配そうに私の顔を覗《のぞ》き込む彼女はあまりに美しく、どうしてこんな素敵《すてき》な彼女を捨てたのかと、相手の男のこの先の不幸を望むばかりだ。

恋人であれ、家族であれ、……友人であれ、信じていた人に裏切られた時の心の傷は簡単には癒《い》えたりしない。

ましてや高貴なご令嬢が駆け落ちしようとしただなんて、社交界に知られたらもう『傷物』として見られてしまうのは明白だ。

ここで名前を聞かれても、名乗りたくないのも理解できる。

「いえ、ごめんなさい。無理に言わなくて結構です。……辛《つら》かったですよね。恋人に裏切られるなんて……。私、誰にも言いませんから」

「……え？　あ、……ええ。そうですね。でももう本当に良《い》いんです。だからそんな顔をなさらないでください。それに貴女との素敵な出会いがありましたし。あんなにも恐ろしい盗賊たちから助けてくださった貴女に、最大級の感謝を捧《ささ》げます」

そのあまりにも純粋《じゅんすい》すぎる澄んだ瞳に、思わず返事に詰まってしまう。

「……」

「あの……？」

私が返答しなかったのを不思議に思ったのか、彼女は困ったように首を傾《かし》げた。

どこまでも澄んだ紫の瞳には私がどんなふうに映っているのだろうか。

正義感に溢《あふ》れた勇気のある少女に見えているのだろうか。

「……ごめんなさい。その、本当はお礼を言われるような立場じゃないんです。あの時、貴女が襲われるのを見て、隠れていようと思ったんです。……怖くて足が動かなくて。でも、クルクが……クルクのおかげで貴女を助けることができたので、お礼はクルクに言ってください」

きっと彼女は私が何を言っているのか分からないだろう。けれど本当に、迷っている私の背中をクルクが押してくれたのだ。

――だって、私は、一度はその場から逃げた。

「でも、貴女が私を助けてくれた事実は変わりません。きっかけがクルクだったとしても、動いてくれたのは貴女です。貴女が助けてくれなくては、怪我をしたヴァイスでは逃げ切れなかったし、私もどうなっていたか分かりません。貴女の勇気に……感謝することが間違っているなんて言わないでください」

その言葉に……恐らく安堵《あんど》の涙が溢れた。

本当は、魔道具が動作不良を起こしたらどうしようとか、余計なことをしたかもとか、……私の判断ミスで二人とも死んだらどうしようとかぐるぐると考えていたのだ。

「あ、ありがとう……ございます」

「え、いや。パレンティア様、お礼を言うのは助けていただいた私の方です！」

「いいえ、そう言っていただけて嬉しかったので。ありがとうございます」

「いや、ですから……」

しばらく謎《なぞ》のお礼合戦が続いた後、思わず二人とも声を出して笑い、やっと止まっていた食事に取《と》り掛《か》かった。

そろそろ寝ようかという話になり、寝袋《ねぶくろ》は一つしかないので一緒でいいか聞いてみた。

「え？」

まさに凍《こお》りつくといった顔の彼女の反応にそれはそうだよね、と納得する。

高貴なご令嬢が、どこの馬の骨とも分からない人間と一緒の寝袋に入るなんて考えられないだろう。私はアイテムの採取などでそこらへんで寝ることには慣れているが、普通の令嬢はそうはいかない。

「ですよね。困りますよね。どうぞ寝袋はお使いいただいて……」

「いえ！　貴女がお使いになってください！　私は地面で寝るのに慣れているので！」

顔を真っ赤にして言う彼女の言葉に、即《そく》否定の言葉が口から出た。

「慣れている訳ないですよね。遠慮《えんりょ》なさらず使ってください。私の方こそ慣れていますから」

「本当に慣れているんです」

「いえ！　そういう訳には」

──と、再びしばらくの押し問答《もんどう》をした後、私は小さくため息をこぼした。

「貴女がお使いにならないのなら、私も使いません」

「いや、本当にそんな訳には……」

断固とした表情で言った私の言葉にたじろいだように、彼女は「……では、ご一緒に……」と消え入りそうな声で言った。

申し訳ないと思いながらも、鞄から少し大きめの寝袋を取り出し、敷布《しきふ》の上に広げ、二人で遠慮がちに寝袋に入った。

極度の緊張で疲れていたのだろう。

すぐに眠気が全身を覆《おお》い、彼女の温かな体温を感じながら、私は深い眠りについた。

翌日、目が覚めると彼女とヴァイスの姿はなく、『昨日はありがとう』と書かれた紙が枕元に置かれていた。


──あの時ご令嬢を助けたことによって、こんな状況に陥《おちい》ることになるなんて思いもしなかった。

「お嬢様、先ほどから一歩も進んでおりませんが？」

「ううう、動けないのよ」

王宮の入り口の受付場所から会場までの長い廊下《ろうか》。

煌《きら》びやかなドレスを着た令嬢たちが進んでいく中、私は壁《かべ》にへばり付き足を進められずにいた。

「ねぇ、ちゃんと『強欲』で、『男好き』そうな感じに見えてる？」

「大丈夫ですよ。真っ赤なドレスにゴテゴテしたアクセサリー類がお嬢様の真っ白な肌《はだ》と滑《なめ》らかな黒髪《くろかみ》をさらに輝《かがや》かせています。普段《ふだん》のお嬢様とは違うメイクで、とてもじゃありませんが、引きこもりには見えませんわ」

「よく分からないけど、とりあえず大丈夫ってことね」

そう言いながら廊下の窓ガラスに映った自分を見つめる。

普段後ろで緩《ゆる》く纏めている黒髪はブランカが綺麗に結《ゆ》い上げ、銀の髪飾《かみかざ》りで留めてくれた。

ガッツリ引かれた濃いめのアイライナーは目尻《めじり》だけ赤いラインが引かれ、少しきつめの印象を与《あた》えている。

唇《くちびる》も中心から滲むように紅を乗せられ、自分でも近寄りがたい印象を受けた。

アイシャドウも口紅も全部真っ赤で塗ればいいんじゃないかとブランカに言うと、それではただのダサい人だと言われてしまい、ぐうの音も出なかった。

肌の上に重ねられた諸々《もろもろ》で、なんだかお肌が呼吸していない感じがする。

「やっと、やっと『お嬢様を飾《かざ》る』という侍女《じじょ》らしいことができてとても満足です。私の渾身《こんしん》の出来映えですので、不用意に髪を触《さわ》ったり、目を擦ったりしないでくださいね」

「分かってるわよ。それにしても……耳も首も重くて、肩が凝《こ》りそうなんだけど。それにこんなヒールの高い靴、歩きにくいことこの上ないわ。お洒落《しゃれ》って大変なのね」

普段つけないイヤリングとネックレスのせいで、違和感《いわかん》が半端《はんぱ》なく、外したい衝動《しょうどう》に駆られる。

けれど、張り切って私の着付けとメイクを頑張ってくれたブランカには感謝しかない。

「何をおっしゃいますか。アクセサリーもヒールの高さも、これでも最大限の譲歩《じょうほ》ですよ。さ、進んでください」

ブランカに会場に促《うなが》されるが、慣れない場所と人見知りの性格上、緊張で震える足はどうにもならない。

この舞踏会までの間に、ブランカに『資料』として渡《わた》されたたくさんの恋愛小説を熟読し、『強欲』『わがまま』『男好き』の勉強はバッチリだ。

が、しかし。行きたくないものは行きたくない。

「帰りたい……」

思わずポツリとこぼれた言葉に、ブランカがため息をついた。

「お嬢様一人でいらしてたらどうにもなりませんでしたね」

「……そうね」

今回の舞踏会は小規模でやるものだから『侍女も同伴《どうはん》可能』と珍しく、本当にありがたい。

貴族やお付きの人たちでごった返す廊下のどこが小規模かは分からないけれど、と周囲を見渡した。

「さ、という訳で引っ張ってあげますから、行きますよ」

「何が『という訳』なのよー！」

ぐいっと引っ張られた腕に抵抗《ていこう》すると、ブランカが小さなため息をつき、「あ、そう言えば」と思い出したように呟《つぶや》く。

「なぁに？」

「今回ダンスホールでの演奏を最新の魔道具で各部屋に流しているそうですよ。音楽が庭や休憩室《きゅうけいしつ》にも聞こえるようにされているとか」

音を外に流すというのは以前研究したことがあるけれど、ここではどんな風に流しているのかとても興味がある。

今日その魔道具が見られるだけでも、ここに来た価値はあったようだ。

「え！　何それ！　見たい！　先を急ぐわよ、通路が詰まってしまうわ！　殿下に関してはさっさと済ませてしまいましょう！」

「殿下との謁見《えっけん》を『さっさと済ます』というのもお嬢様ぐらいですよ」

先ほどまで膝が笑っていたことが嘘のようにサクサクと動く私についてきながら、ブランカは何度目か分からないため息をついた。

長い廊下を歩いた先にある大きな会場では、眩《まぶ》しいほどに着飾《きかざ》った令嬢たちが談笑《だんしょう》し、子息たちとも楽しそうに会話している。

軽食コーナーで談笑している者もいれば、既にダンスを踊《おど》っているカップルもおり、ホールは活気に溢れていた。

その煌びやかなダンスホールの先で楽団が軽《かろ》やかにワルツを奏《かな》でている。

団員たちの横に見たことのない魔法陣の描かれた箱型の装置が置かれており、あれが『音楽を飛ばす』装置かと目が吸い寄せられる。

「お嬢様、あちらを……」

ブランカに示された先に視線をやると、一際賑《ひときわにぎ》やかな一団が目についた。

着飾った美しい女性たちに囲まれながら、優しく微笑む金髪碧眼《きんぱつへきがん》の男性。

以前建国祭で遠目から見たことがあるので、彼が王太子殿下で間違いない。

殿下は、令嬢が百人いたら九十九人は惚《ほ》れそうな見目麗《みめうるわ》しい男性で、その隣《となり》にいる銀《ぎん》髪《ぱつ》の男性の顔は見えないけれど、彼ら二人にご令嬢たちが文字通り群がっている。

あれだけ囲まれていては身動きなど取れないだろう。

アカデミーで一緒の学部だった子も数人いて、そのご令嬢たちの中にミリアを見つけた。声をかけたいけれど、こんな原型を留《とど》めていないような派手な姿では私が誰かも分からないだろうし、話しかけても迷惑だろう。

それに、当時は諸事情により、アカデミーに平民として通っていたから、万が一でもあの時問題を起こした『平民のティア』がパレンティア＝カーティスとバレるのは避《さ》けたい。

濡れ衣といえど、そういった醜聞《しゅうぶん》が好きな人には真実などどうでもいいのだ。

貴族たちは暇潰《ひまつぶ》しになればそれでいいし、今波に乗っているカーティス家を煩《わずら》わしく思っている人間も多いことだろう。

「あちらにいらっしゃるのが王太子殿下ですか？」

「そうね……。でも、大変だわ。話しかける隙《すき》がないわね。帰りましょうか」

「こらこらこらこら」

思わず主従関係を忘れたブランカが出口に向かった私の肩をぐっと掴んだ。

「お嬢様？」

ブランカが笑顔《えがお》なのに、圧がすごい。っていうか、普段笑わないから、逆に怖い。

「……分かってるわよ。でも少しだけ。心を落ち着かせるくらい良いでしょう？」

そう言うと、死んだ目でこちらを見てくるブランカを振《ふ》り切って、カーテンの陰《かげ》にそっと身を寄せた。やっと人心地《ひとごこち》つけた気がする。

「まぁ、何でも良いんですが、『さっさと済ませる』んじゃなかったんですか？」

「一人でいるところを狙《ねら》うのよ」

「なんですか、その物騒《ぶっそう》な物言いは。ところであちらに軽食コーナーが……」

その時、ざわりと周りの空気が変わり、視線が集中したのが分かった。

ふわりと良い香りがしたかと思うと……。

「こんばんは」

背後から声をかけられて、びくりと振り向く。

その姿は、先ほどまで女性に囲まれていた王太子殿下その人だ。

あの人垣《ひとがき》を抜けてきたのか……。

「どちらのご令嬢？」「初めて見る方ね」「殿下から声をおかけするなんて。珍しいわね」

と、周囲から聞こえる声と鋭《するど》く突き刺さる視線に、本当に早く帰りたいと切に願う。

「お嬢様。『作戦開始』でございます」

私の後ろに立ち、殿下に頭を下げながら、私にだけ聞こえるようにブランカが言った。

そう、ここに来るまでの数日間、研究時間を削《けず》ってまで『悪評』を実践するべく練習したのだ。

その努力を無駄《むだ》にすることはできない。決して。

「パレンティア＝カーティス嬢。今日は来てくれて嬉しいよ」

「初めまして。王太子殿下。この度は舞踏会にご招待いただき、ありがとうございます」

サッと扇《おうぎ》で口元を隠しながらも、ツンと顎《あご》を上げて、流し目を殿下に向ける。

けれど、殿下の言葉に、会場内には先ほどまでと異なるざわめきが広がった。

「あれが、パレンティア＝カーティス⁉」「身につけている宝石は確かにお金をかけている感じがするわね」「高飛車な感じもイメージ通りだわ」

そんな声が聞こえてきて、とりあえず贅沢な令嬢に見えたことに安心する。

宝石の価値なんて興味もないし、分からないけれど、父が溺愛《できあい》する母に贈ったものを借りたので、間違いはないだろう。

「噂通り華《はな》やかな方だ。お会いできて光栄です」

「ほほほ。よく言われますわ」

というか、なぜ殿下は私が『パレンティア』だと気づいたのだろうか。

会場で会ったことのある貴族は見当たらないので、受付から私の外見の連絡《れんらく》でも行ったのか……。

「ところで手紙は読んでくれたかな？　例の話が聞きたいんだけど。それから紹介《しょうかい》したい人もいるんだ」

「紹介？」

　にこりと笑ってそう言う殿下の後ろから現れた銀髪の男性に息を呑んだ。

「彼はラウル＝クレイトン。我が国の騎士団長を務めている。君のおかげで盗賊を捕まえることができた。騎士団長としてお礼を言いたいそうだ」

『ラウル＝クレイトン』『騎士団長』という紹介に、怖さと気まずさが先走り、彼の顔を直視できなかった。

　まさか殿下と公子様同時に対面するとは思っておらず動揺《どうよう》するも、一回で済ませられるんだから良かったじゃないかと、なんとかポジティブに考えてみる。

　それに、婚約の話を断ったからといって、『完璧公子』と呼ばれるほどの人だから、こんなところで罵詈雑言《ばりぞうごん》を浴びせるような人格破綻《はたん》者ではないはずだ。と、自分に言い聞かせ、彼に視線を移す。

「ラウル＝クレイトンです。パレンティア嬢、この度は『色々と』ありがとうございました。騎士団、クレイトン公爵家を代表しまして感謝申し上げます」

　彼の声は、想像とは全く異なる柔《やわ》らかく落ち着いた優しい声で、強張《こわば》っていた体が少し緩んだ。

実力がものを言う騎士の世界で団長を務めるぐらいなのだ。

もっと熊のような野生的な感じで、声も低くて威圧《いあつ》感のある人だと、勝手に思っていた。

チラリと彼の顔に視線を合わせてみれば、小さな顔に切長の目。綺麗すぎる鼻筋に柔らかく弧《こ》を描く口元はまさに『完璧』な芸術品。

ラーガの森で会った彼女と同じ輝くような銀の髪に、吸い込まれそうな紫水晶の瞳は、どう見ても兄妹《きょうだい》だ。

ちょっと、いや、かなり人違《ひとちが》いを期待していたのだが、十中八九、あの時の彼女がアリシア様で間違いないだろう。

この場であえてアリシア様の名前を伏せたのは、彼女の駆け落ちを隠すためだろうか。

「初めまして。ラウル＝クレイトン公子様。パレンティア＝カーティスと申します」

「貴女にお会いできて光栄です。想像通り、とても美しい方ですね」

「まぁ、よく言われます。ほほほ」

人生において他人に一度もそんなことを言われたことはないが、ブランカの頑張りが結果に現れたのだろう。

「殿下と公子様のおかげで、王都に久々に来られて良かったですわ。夜遊びのしすぎで父に外出禁止を言い渡されていたのですが、おかげで楽しい夜になりそうです」

「何をおっしゃいますか。遠路はるばるお越《こ》しくださり、お礼を申し上げるのはこちらです。……俺の贈ったドレスはお気に召《め》しませんでしたか？」

公子様の視線が、少し寂《さび》しそうに私の赤いドレスに注がれ、ずきりと胸が痛む。

それでも、心を鬼《おに》にして言わなければならない。

彼の周りには美しい女性がたくさんいるのだから、私のお断りなどすぐに忘れてしまうだろう。

「とんでもないことでございます。とても素敵なドレスでしたが、既に別の男性から頂いていたものですから」

ほほほと、高慢《こうまん》っぽく見えそうな表情をなんとか取り繕《つくろ》おうと微笑む。

「そうですか。……貴女にドレスを着ていただける栄誉《えいよ》を手に入れた男性はどちらに？」

先ほどと声のトーンは変わらないが少しひんやりした声に、思わず体が引けそうになるのをなんとか止める。

いや、止めるというよりも動けなかったというのが正しいかもしれない。

「……」

『兄です』なんて死んでも言えない。

『困ったら微笑んでおけばいいんです』というブランカの言葉を信じ、頬《ほお》が引き攣るのを扇子《せんす》で隠しながらなんとか笑顔を作った。

「「……」」

周囲の視線が私たちに注がれる中、双方《そうほう》言葉を発することなく、沈黙《ちんもく》が流れた。

「えーっと、パレンティア嬢。例の話がしたいから、場所を移しても良いかな？」

気を遣《つか》ってくださったのだろう、殿下が話題を変えたのを好機とばかりに飛びついた。

パチンと音を立てて扇子を閉じ、二人に微笑む。

「それには及《およ》びませんわ。殿下」

「え？」

きょとんとする殿下に、ブランカが私にさっと出した封筒《ふうとう》を受け取り、真っ赤なマニキュアを塗った指で殿下に差し出した。

「今日は我が家《や》の魔道具開発担当からレポートを預かって参りました」

「……レポート？」

目を点にした殿下が、私の差し出した勢いにつられてそれを受け取ってくれたので、更《さら》に押し付けるようにして渡す。

「ええ。父から聞きましたが、何でも盗賊討伐時の魔道具についてお知りになりたいと。魔道具の仕組みは私にはよく分かりませんので、担当者にレポートを書かせましたの」

「あの魔道具は貴女が開発したものだと伺いましたが？」

クレイトン公子様が、すかさず突っ込んできて、どこまでアリシア様から聞いているのだろうと、内心慄《おのの》く。

けれど、アリシア様本人がここにいない今、何とでも言いくるめられるはずだ。

「ええ。そうですわ。私があのような魔道具が欲しいと言って作らせたので、私が作ったと言っても過言ではございませんでしょう？　開発資金も我がカーティス家から出ているのですから」

ほほほ、と笑いながら再度広げた扇子で引き攣る口元を隠し、練習したセリフを間違えないように喋《しゃべ》る。

「まぁ、彼女、開発者の功績を自分のもののように言ってるわ」「そうよね、いくらカーティス家の娘《むすめ》でもあんな人が開発なんてできる訳ないもの」「考え方が自分本位だわ」と、周囲から期待通りのざわめきが聞こえてきて、努力の成果にガッツポーズをした。

『横取り令嬢』のあだ名も本日追加されることだろう。

「……レポート……」

またしても同じ言葉を呟いた殿下は笑うのを堪《こら》えているようだ。

「ええ。私は説明ができませんので、必要なことはコチラをお読みいただければ。詳しいことはいつでもお尋ねくださいと父からことづかっておりますわ。ほほほ」

何度目かの高笑いをしながら答えると、殿下はおかしそうに笑った。

笑われてもいい。どうせ元々悪い噂を流しているのだ。

悪評が増えることなどなんともないし、それでクレイトン公子様も『危《あや》うく変な女と婚約するところだった。『セーフ』と安心されることだろう。

　結果オーライだ。

「それでは、私はこれで……」

「殿下とのお話が終わられたのなら、次は俺との時間を作っていただけませんか？」

　その場を去ろうと身を翻《ひるがえ》すと、クレイトン公子様の柔らかな声が後ろから降ってきた。

「……時間ですか？」

「ええ、先日手紙も差し上げましたが、婚約について一度会ってお話ししたいと」

　彼の爽《さわ》やかな笑顔と言葉に、ご令嬢たちから悲鳴が上がり、会場の空気も一変する。

「え⁉　婚約⁉　嘘！」「ラウル様が婚約だなんて信じられない⁉」「いやあぁ！　今までどなたともご婚約されなかったのに、なんであの女なのよ！」

　パニック状態の会場は、今にもどこかからナイフが飛んでくるのではないかと思うほど殺気立っている。

「お話しするまでもなく、このドレスが私のお返事ですわ……」

　空気読んで！　何のために貴方からのドレスを着てこなかったのか、普通の男なら分かると兄様が言っていたのに。

　分かるでしょう？　と目で訴《うった》えるも、公子様の笑顔は崩れない。

「俺のドレスを着ていただけなかったのは、先にドレスを贈られた方がいらっしゃったからでしょう？　パレンティア嬢は律儀《りちぎ》な方なんですね。俺のドレスを着ていただけるまで、あとどれくらいですか？」

「いや、そうじゃなくて……」

揚《あ》げ足《あし》とってきたよ、この人！　と、思いながら予定にない会話に混乱する。

「……それでは、はっきり申し上げますが、私は貴方と婚約するつもりはございません。まだ一人に縛《しば》られたくないんですの」

会場が更にザワリと響《どよ》めく中、私は体を反転させる。

「では、私はドレスの送り主と先約がありますの、席を外させていただいても？」

「先約……？」

「ええ。クレイトン公子様からお手紙を頂く前にお約束した方がおりまして」

公子様は、なんだか不穏《ふおん》な笑顔だったが、殿下はチラリと公子様を気遣うように視線を送った後、笑《え》みで了承《りょうしょう》の返事をくれる。

「あ……、ええ。もちろん。それではまた後程《のちほど》」

「ありがとうございます。それでは一旦《いったん》失礼いたします」

もう適当に帰りますけどね～。

と内心スキップしながら、殿下と公子様に礼をとって、ざわつく会場を後にした。

「ミッションクリアよ！　ブランカ」

ホールから逃げるように、王宮の庭園までやってきて、握りしめた拳を天高く掲《かか》げる。

美しい庭園に咲き乱れる花々の爽やかな香りが、達成感に満たされた私の気分を更に高めた。

ダンスホールで流れているのだろうワルツが、少し離れたこの庭でもはっきりと聞こえ、今にも踊り出したい気分だ。

「そうですね。これで来月の建国祭も問題ないですね。良い予行演習でした」

「……。胃が痛くなるようなこと言わないでよ」

近くにあったベンチに座り、夜空に浮《う》かぶ綺麗な月を見上げ大きく深呼吸をした。

「公子様にもはっきり言えたし、気が楽になったわ。残念令嬢アピールも完璧でしょう。ちょっとお庭を堪能《たんのう》してから帰りましょうか」

他の男性からもらったドレスというアピールも、男遊びが激しいという点をしっかり印象に残せたことだろう。

「え？　もう帰るんですか？」

「え？　なんで!?　帰るわよ」

「無料で、美味《おい》しい王宮の料理が食べられると思っていたのに。……まぁ、期待はしていませんでしたけどね。……はぁ。帰って硬《かた》くなったパンを冷えたスープに浸《ひた》して食べますよ。はぁ……」

　さも悲しいという演技を大袈裟《おおげさ》にしたブランカに、今度はこちらが呆《あき》れる番だ。

「どうぞ、好きなだけ食べてきて良いわよ。満足したら帰りましょう。それまで適当に身を潜めているから」

　そうブランカに告げると、「では、お嬢様の分も確保して参りますので」と、颯爽《さっそう》と去っていった。

「連れてくる侍女を間違えたわね……」

　と言っても、気のおけない侍女なんてブランカしかいないのだけどと思いながら、ブランカの後ろ姿を見ていた時、令嬢たちの「きゃー」という声がして、そちらに視線を送る。

　迷うことなくこちらにまっすぐ進んでくるのは、先ほど挨拶したラウル＝クレイトン公子様その人だった。

「ヤヤヤ、ヤバい……」

　慌ててベンチを立ち、体を低くしてさらに奥の庭に向かう。

　チラリと後方を見ると、キョロキョロしながら彼もこちらにやってきた。公子様から逃げるように、さらに奥に進むと近衛兵《このえへい》がいたので、方向転換《てんかん》する。

　そしてその先には、複数のカップルが愛を語り合っていて、とてもじゃないがこんなところに止まってはいられない。

「逃げ場がない……。ホールに戻ってカーテンと一体化……、いやこの真っ赤なドレスはまだ廊下の絨毯《じゅうたん》に近いかしら……あぁ、何にせよここを離れないと……」

少し回り道をしながら、扇子で顔を隠しつつ急いでホールに戻り、庭がよく見えるカーテンの陰で一息ついた。

先ほどまでいた庭には公子様はおらず、諦《あきら》めてくれたかな？　とほっと胸を撫で下ろす。チラリと豪華《ごうか》な軽食が並べられたエリアに視線を移すと、これまた山のように皿に料理を載せたブランカがクールに、けれど勢いよく口に運んでいた。

「……まだ時間がかかりそうね」

慣れないハイヒールでうろうろしすぎて足も痛いし、もう少しここで隠れていようと、頭をカーテンの奥に引っ込めようとした時、ふと視線を感じ、目線を上げる。

少し離れたところで、令嬢たちに囲まれていた殿下がこちらを見て、笑顔で手を振っていた。

「……」

なんとか愛想笑《あいそわら》いを返して、仕方なしに再び誰もいない庭の隅に足を向けた。

「どこにも気が休まる場所がない。ブレスレットも持ってこれなかったし……」

父にスパイだと疑われるようなものを持っていくなと言われたおかげで雲隠《くもがく》れできない

状況に肩を落としながら、庭の隅を歩く。

早く帰りたいけれど、色々と協力してくれたブランカにもゆっくり王宮のデザートを堪能して欲しいと思いながら、銀色に輝く月を見上げた。

その輝く月があの時の彼女の見事な銀髪を思い出させる。

「……アリシア様は、今日はいらしてないのかしら。実は間違いでした。なんてことを本当に期待していたんだけどな……」

綺麗な薔薇《ばら》が咲き誇《ほこ》る庭の更に奥。静かとは言い難《がた》い音量で、会場で演奏されている曲が流れていて、小さくため息をついた。

「ちょっと音が大きいんじゃないかしら……」

音がどこから聞こえてくるのか気になって、周囲を見渡す。

魔道具を設置するなら足元かな、とキョロキョロしていると、音が大きかったからか、目の前に人がいることに気づかず、ドンッとぶつかってしまった。

「……っ！　ごめんなさい。大丈……夫」

「こちらこそ失礼いたしました。……先ほどはどうも。パレンティア嬢」

月の光に照らされた銀の髪が、サラサラと風に揺《ゆ》れている。

目の前には、絵画から抜け出してきたのではなかろうかと思わずにいられないほどの美しい男性がいた。私が先ほどから逃げようとしていた男性だ。

庭にはいないと思ったのに！

「ど……どうも……？」

「ドレスの贈り主とのお約束は終られましたか？」

「え？　ええ、そろそろお暇《いとま》しようかと……」

そう言いながら二、三歩下がると、公子様は笑顔を浮かべたまま一歩で間を詰めてくる。

「そうですか。ぜひ『贈り主』にお会いしたかったのですが」

「え？　なぜですか？」

「貴女の関心を少しでも引ける男性に嫉妬《しっと》しているからですよ」

ふっと笑った公子様に、思わず目を見張った。

さっき婚約に関しては断ったのにと思いながら、そもそもの疑問が頭に浮かんだ。

「公子様はなぜ私に求婚《きゅうこん》を？　今までお会いしたこともないのに。何か目的が？」

「目的とは？」

「例えば、カーティス家との経済的なつながりや商売上の付き合いを求めていらっしゃるとか」

クレイトン家はこの大陸で一番大きな魔法石《まほうせき》鉱山を所有しており我がカーティス伯爵《はくしゃく》家も魔道具を作る際に必要な魔法石はクレイトン公爵家から仕入れている。

クレイトン家の魔法石は魔力量が多いため、より良い効果を発揮してくれる。

高品質なだけあって高価なので、魔道具でも大きな物を作る際にはクレイトン産のものを使い、小さな物は、外国産の安い魔法石でも事足りるので、隣国《りんごく》産を使っていた。

カーティス領はクレイトン家から距離《きょり》があり、隣国の魔法石鉱山の方が利便がいい。関税を含む仕入れ値や輸送コストを考えても安上がりで、仕入れも早く、悪天候等による遅《ち》延《えん》も計算の範囲《はんい》内だ。

だから隣国とばかりでなくクレイトン家とも魔法石の取引量を増やすなどの目的のために私に結婚を申し込もうというのであれば、納得が行くが、もしそうならば、別に私が結婚をしなくても、業務上の付き合いをしていくことは可能だ。

私がこんな努力をする必要はない。

「いいえ。純粋に貴女に惹《ひ》かれているからです。ラーガの森の一件に関しても、貴女のおかげでクレイトン家は大切な家族を失わずに済みましたし、盗賊もほとんど捕《とら》えることができ、有益な情報を得ることができました。何より、パレンティア嬢の行動力と勇気と優しさには頭が下がる思いです。貴女に惹かれるのに何もおかしなことはないと思います」

あまりにまっすぐな紫水晶の瞳に目が吸い寄せられ、胸の鼓動《こどう》が早くなる。

けれど呆《ほう》けている場合ではない。黙っていたらブランカの言う通りいつの間にか祭壇に立っていそうだ。

「……何か誤解をなさっているようですが、アリシア様を助けた時の私を美化していらっしゃるのではありませんこと？　あの一件に関してはほんの……気まぐれですわよ」

ちょっと苦しいと思いながらも、あれは私じゃないというのは嘘になるのでブランカと話し合って考えた言い訳を述べる。

「気まぐれだったとしても、クレイトン家は貴女に感謝と尊敬の念しかありませんよ」

言いながら、公子様がどうぞと近くのベンチを勧めてくれた。

本当は座りたくなかったけれど、ヒールで足が痛かったので素直《すなお》に従うことにする。

ラウル様も隣に腰掛《こしか》け、こちらを見つめた。

「それに、今日のパレンティア嬢を見て、さらに貴女に焦《こ》がれる思いが強くなりました」

「はい？」

「会場に足を踏《ふ》み入《い》れた貴女のあまりの美しさに、俺の心臓が止まるかと……。ホールの男性陣《じん》が貴女のエキゾチックで神秘的な美しさに心奪われる様子を見て、舞踏会でお会いしたいと言った自分の首を絞《し》めてやりたいほどです」

美しいアメジストの瞳を熱っぽく煌めかせて言う公子様に、確かにこれはご令嬢方が騒《さわ》ぐはずだと納得する。

「お、お金をかけていますから。安っぽい格好なんてできませんわ」

「もちろんお召し物も素敵ですが、内面から光る貴女の美しさがそれを際立《きわだ》たせているのでしょうね」

優しく微笑む公子様に、このままでは言いくるめられそうだと頭の中で警鐘《けいしょう》が鳴り響く。

「お褒めに預かり光栄ですが、綺麗も可愛いも聞き飽《あ》きておりますの。どんなに褒めていただいても、婚約はできませんわ。まだ『物色中』ですから」

ブランカに参考資料として読まされた『高慢令嬢《こうまんれいじょう》』の台詞《せりふ》を思い出して公子様に言った。

ここまで下品な物言いをすれば、きっと公子様も諦めてくれるだろう。なんせ天下のクレイトン家だ。

けれど、彼はふっと目元をさらに緩めた。

「ぜひ、その物色中の候補の中に俺も入れてください。舞台に立たせてもらえないなんて、諦められません」

「公子様は、……プライドがございませんの？」

『物色中』などと、失礼極《きわ》まりない言葉のはずなのに、平然と答える公子様の言葉に目を見張った。

「貴女を手に入れるのに、プライドなど邪魔《じゃま》なだけですよ」

「……」

そう言った公子様に、私は言葉を失くした。

恋愛スキルゼロの私では、この先なんと返していいのか分からない。

「……実は、今日貴女をデートにお誘《さそ》いしたくて、チケットを持ってきたのです」

「まぁ！　残念ですが、私あまり観劇には興味がないんですの」

兄がデートの定番は、人気の舞台だと言っていたので、誘われることは想定済みだった。

これなら対応できそうだとすぐさま体勢を立て直す。

「いえ、お誘いしたいのは観劇ではなく、来週から開催《かいさい》される『魔道具博覧会』です」

「え⁉」

公子様は一枚のチケットを、型押しされた封筒からひらりと出した。

それは紛《まぎ》れもなく、私が欲しくて欲しくて、でも手に入れられなかった『魔道具博覧会』のチケットだった。

数十ヶ国が共同で行《おこ》なっている四年に一度の魔道具の博覧会で、今年は我が国ソレイユ王国で開催されることになっていた。

新作の魔道具から伝説級の魔道具まで展示されており、魔道具師にとっては天国とも呼べるイベントだ。

「連日新聞でも取り上げられていますからね。お祭りのようなもので、魔道具の展示会はもちろんのこと、新作の魔道具体験コーナーのほか、博覧会に参加している各国の料理や伝統工芸品や宝飾品などの販売《はんばい》会場も設けられているそうですよ。チケットはお持ちですか？」

「いいえ。大変人気で入手困難と聞きましたわ」

私だって何通も応募《おうぼ》したけれど、一枚も当たらなかった。

今、そのチケットを売ってくれるというならば、倍の値段……いや、十倍の値段でも支《し》払《はら》うだろう。

「ええ、俺もたまたま入手できたんです。今話題のイベントですので、ぜひご一緒できればと思いまして」

「……」

言葉は紡《つむ》がれることなく、視線はチケットに釘付《くぎづ》けになる。

赤の他人と行くだけでもハードルが高いのに、求婚されている公子様と一緒だなんて、『無理』と言いたい。でも……、でも。

「どうか俺にチャンスを頂けませんか？　俺を知ってもらって、それを踏まえた上で貴女に求婚をお断りされるのなら仕方がないと諦められます」

月を背景に微笑みながらチケットを口元に当てた公子様の言葉にごくりと喉《のど》を鳴らす。

「……それでダメなら諦めてくださると？」

「ええ、諦めもつくというものです。一度だけでもチャンスを……。もし、ご同伴いただけるなら、こちらの同伴者の欄《らん》にサインを……」

そう渡されたチケットの裏面《りめん》には、『来場者　ラウル＝クレイトン』とあり、その下の空白になっている『同伴者』の欄を指差された。

胸ポケットから出したペンを笑顔で差し出され、流れで受け取ってしまう。

やめておけと頭の中で警鐘が鳴り響く。『完璧公子』は私の手に負える相手ではないと。

でも、四年に一度しかない博覧会。次の開催国は決まっていないし、行ける保証なんてどこにもない。

今行かなかったら二度と行けないかもしれない。何より、一度デートするだけで諦めてくれるならそれで……。

「分かりました。ご一緒いたしますわ」

そして、チケットの裏面に『パレンティア＝カーティス』と署名し、公子様に返した。

「ありがとうございます！　それでは来週、王都の伯爵邸《はくしゃくてい》にお迎《むか》えにあがります」

「お待ちしておりますわ」

精一杯《せいいっぱい》の笑顔をなんとか顔面に張り付け、上品に見えるようにその場を後に……逃げ出した。

三章　ラウルと王太子

王宮にある騎士《きし》団の団長執務《しつむ》室では、紅茶のいい香りが広がっていた。

中央に置かれた応接用の重厚《じゅうこう》なソファでは、ティーカップを片手に王太子が楽しそうにこちらを見ている。

「で？　デートの約束を取り付けたと」

「ええ。渋々《しぶしぶ》でしたが一緒《いっしょ》に博覧会に行ってくれることになりました」

婚約《こんやく》の断りが届いてから、「せめて一度会って話をしたい」と手紙を出したところ、王太子の協力もあり、念願の彼女に会うことができた。

「しかしド派手な衣装《いしょう》で舞踏会《ぶとうかい》会場に現れた時は目を疑ったよ。ラウルが『噂《うわさ》と違《ちが》って派手ではないが、野に咲《さ》く白詰草《しろつめくさ》のように、見るだけで癒《いや》され、心が安らぐ可愛《かわい》らしい少女』だなんて言うから……どんな清楚《せいそ》なご令嬢《れいじょう》かと思ったら……」

「どんな格好でも、彼女の人となりは隠《かく》せませんからね。見ていて癒されたでしょう？」

「どこがだよ。化粧《けしょう》も濃《こ》いし、真っ赤なドレスと大きな宝石にお前は何も感じなかったのか……？　見た瞬間《しゅんかん》は噂通りのドギツイご令嬢だと思ったぞ？」

王太子が信じられないものを見るようにこちらを見て言った。

確かに『以前』会った彼女は化粧もしていなかったし、アースカラーの衣装に、髪型《かみがた》も後ろで簡単に纏《まと》めていた。けれど、舞踏会での彼女の可愛らしさは変わらずで、吸い込まれるような輝《かがや》きを放っていた……。

「以前とはまた違う魅力《みりょく》の彼女を発見できて俺は嬉《うれ》しかったですけどね」

「確かに、エキゾチックな魅力で男たちが虜《とりこ》になるというのも……ゴホンッ……ええと」

ジロリと王太子を睨《にら》みつけると、誤魔化《ごまか》すように咳払《せきばら》いをする。

彼女が魅力的というのは同感だが、彼女に惹《ひ》かれる男がいるというのは気に食わない。

「しかし、黒髪《くろかみ》という事前情報と、お前が『彼女だ』と言わなければ僕はずっと気づかなかったね。お前は小柄《こがら》な少女と言ってたが、そんなことは微塵《みじん》も感じさせない綺麗《きれい》な女性って感じだったな」

「彼女の実際の身長は、昨日の見た目よりも十センチ以上は低いですよ」

ラーガの森で会った彼女の頭の高さと、昨日向き合った時の頭の高さは随分《ずいぶん》と差があり、よく見ると、厚底な上にかなり高いヒールの靴《くつ》を履《は》いていた。

王宮の庭園では踵《かかと》の靴擦《くつず》れが目に入り、立っているのも辛《つら》そうに見えて無理をさせているのだと申し訳ない気持ちでいっぱいになってしまった。

「それにしても、僕、舞踏会で女性からレポートなんてもらったのは初めてだよ。内容も専門的で宮廷魔道具師《きゅうていまどうぐし》も中身を読んで驚《おどろ》いていたけどね。魔道具《まどうぐ》は本当に彼女が作ったのか？　本人も言ってたが、担当魔道具師が作ったと言った方がまだ僕は理解できるよ」

そう言って、王太子はそのレポートをバサリと机の上に置いた。

「間違《まちが》いありませんよ。どうぞ」

レポートの上に、博覧会のチケットを置くと、王太子が軽く目を見開く。

「何これ？　チケットがどうかしたのか？」

「彼女の筆跡《ひっせき》です」

置いたチケットの同伴者欄《らん》を示し、『カーティス』と書かれた箇所《かしょ》を指す。

レポート内の、作成担当者のところに『カーティス家　魔道具開発担当者』と書かれているその文字が、同一人物だと示していた。

「なるほど……。これだけの才能があって、あの容姿に財力があれば普通《ふつう》の男は放っておかないだろうな。実際周囲の男たちもあの美女は誰《だれ》だと熱い視線を送っていたな。噂通りと感じて近寄ることはなかったみたいだけど」

「ええ。予想以上の反応で、不愉快極《ふゆかいきわ》まりなかったですがね」

「しかし、なんであんな噂が流れているんだろうな。というか『流している』が正しいのか？」

彼女の悪評は社交界でも有名で、彼女の父親や兄姉《けいし》が言い回っているので、誰もが彼女の噂を信じている。

　だが、その噂の信ぴょう性を調べてみても、彼女と交流のある男は貴族にも平民にもいないし、むしろ屋敷《やしき》に引きこもっている時間の方が長いと報告を受けている。

「それは俺も不思議に思うところです」

「あれかな？　王都で流行《はや》ってる『虐《しいた》げられた令嬢』の……そんな感じの舞台《ぶたい》みたいな」

「判断付きかねます」

　ラーガの森で会った彼女の話では家族とは良好な関係のようだったし、イヤイヤ魔道具のために働かされているという風でもなかった。

「で、結局真意は分からないが、お前は諦《あきら》めきれないんだな。あんな公衆の面前でフラれたとしても」

「予想の範疇《はんちゅう》ですよ」

　王太子の言葉に、さらりと答える。

　こちとら既《すで》に婚約に関して書面で断られているのだから、心の準備はできていた。

　それでも面と向かって拒絶《きょぜつ》された心の痛みを思い出し、気を紛《まぎ》らわすかのようにお茶を口に運ぶ。

「ま、健闘《けんとう》を祈《いの》るよ。ところで前回捕縛《ほばく》した盗賊《とうぞく》たちから残党の情報を得たろう？　なのに未《いま》だに残党を捕《つか》まえられない。だから、前回と同様の令嬢囮《おとり》作戦を決行しよう」

満面の笑《え》みでさらりと言った王太子の言葉に、思わず飲んでいた紅茶を吹《ふ》き出《だ》した。

「ぐっ……、ゲホ、ゴホッ……。な、何をまた。『女装』はあの時一度きりと言ったじゃないですか」

そう、ほんの二週間前、パレンティアに『再会』したあの時、再会すると分かっていたらあんな格好なんて……。

とてもじゃないが、彼女に助けてもらったのが自分だなんて言えなかった。

いくら囮役で令嬢の格好をしていたとはいえ……。

「でもさ、ほら、僕が囮作戦を指示しなかったら、ラウルはパレンティア嬢に再会することもなかったんだから。僕って恋《こい》のキューピッドじゃない？」

「どこに、好きな女性と会うのに、女の格好をしたがる男がいるというんです！」

王太子に舞踏会を開催《かいさい》してもらったのも、『ラウル＝クレイトン』として、彼女と会いたかったからだ。

彼女はラーガの森で会った俺のことを『アリシア』だと思っているようだが、なんとか言葉を濁《にご》して明言を避《さ》けている。あの時助けてもらったのが女装した俺だなんて、絶対知られたくないし、あまりに間抜《まぬ》けすぎる。

『二度と会えない』と思っていた彼女にラーガの森で再会できたのに、あの状況《じょうきょう》で何も言えなかった自分が情けない。

「いいじゃないか、それで彼女の安全も守れるんだぞ。……なのに、彼女はお前と結婚《けっこん》する気はない……。ククッ……『ラウル＝クレイトン』が振《ふ》られるなんて、前代未聞《ぜんだいみもん》だな」

「ゼロから始まるなら伸《の》び代《しろ》しかありませんね」

「どんだけポジティブだよ。まぁ、なんにせよお前がこの令嬢と結婚してくれたら貴重な人材の確保ができるな。間違っても他国に流出なんてやめてくれよ」

「彼女の才能と関係なく、俺は他の男に譲《ゆず》る気などさらさらありませんよ」

この奇跡《きせき》には神に感謝する。

二度と会えないと思っていた彼女と、こうして再び巡《めぐ》り合《あ》えたのだから。

舞踏会で『ラウル＝クレイトン』として再会した時、ひょっとしたら覚えてくれているかもしれないと思ったが、そんな願望は簡単にチリと消えた。

知っているのを隠しているという訳ではなく、本当に彼女の記憶《きおく》の片隅《かたすみ》にも引っかかっていなかったのだから。

「かけらも覚えられていないというのは、結構クルな……」

小さくこぼれた言葉は、誰にも拾われない。

なんとしても、どうやってでも彼女の心に『俺』を残すにはどうしたら良《い》いかと思いながら、チケットを手に取り、彼女の筆跡にそっと触《ふ》れた。

四章　『悪評令嬢』実演

魔道具《まどうぐ》博覧会に向かう豪華《ごうか》なクレイトン家の馬車の中で、私は目を閉じた。

予習は完璧《かんぺき》。

この日のために、ブランカが大量に買い込んできた恋愛《れんあい》小説や恋愛指南本を読んで、『嫌《きら》われる女』『ＮＧ行動』の勉強をしてきたのだ。

頭の中で予習したことを反芻《はんすう》した後、ゆっくりと目を開けると、そこには馬車の窓から差し込む朝日を受けた神々《こうごう》しすぎる公子様の姿があった。

「パレンティア嬢《じょう》は今日も変わらず愛くるしいですね。まるで春の妖精《ようせい》のようだ。先日の舞踏会《ぶとうかい》の時とは趣《おもむき》の異なるドレスですが、貴女《あなた》の魅力《みりょく》は何を着ても変わりませんね」

「ありがとうございます。こちらは以前某伯爵《ぼうはくしゃく》家のご子息から頂いたドレスで、たくさん頂いてきた中でも特にお気に入りなんです。私は何を着ても似合いますの」

馬車の向かいの席で、スラスラと流れるように褒《ほ》め言葉を並べる公子様に、アメジストの柔《やわ》らかな視線でそう言われれば、どんな令嬢《れいじょう》でも胸をときめかせるに違《ちが》いない。

今日の私の衣装《いしょう》は、舞踏会に着ていった真っ赤なドレスではなく、兄に勧《すす》められたブティックの一番派手なドレスだ。

目がチカチカするような濃《こ》いめのレモンイエローのドレスで、たっぷりのスパンコールと宝石を縫《ぬ》い付《つ》けた、ド派手極《きわ》まりないドレス。

最近は淡《あわ》い柔らかな色が人気だそうなので、私のドレスは一際《ひときわ》目立つこと間違《まちが》いないだろう。

「センスのいい方ですね」

「ええ。私の好みを把握《はあく》していらっしゃるので」

「なるほど……」

公子様の瞳《ひとみ》にどこか妖《あや》しい光が宿り、彼の言葉にぞわりと何かが背中を駆《か》け上《あ》がるが、その正体が何なのか私には分からない。

「そういえば、会場に着く前にお渡《わた》ししたいものがありまして、こちらを受け取っていただけますか？」

笑顔《えがお》で差し出された箱に何かと首を傾《かし》げつつも、強欲《ごうよく》な令嬢らしく「頂けるものは何でも頂きますわ」と受け取った。

開けてみてくださいと言われて開封《かいふう》し、中に入っていたものに目を見張る。

「ブーツ……？」

「ええ。博覧会は会場も広いですし、魔道具の体験コーナーなどもありますから、足元は動きやすいものがいいかと。万が一にも貴女に怪我《けが》をさせるようなことになってはいけませんから」

今日も今日とてヒールの高い靴《くつ》を履《は》いてきたのだが、先日出来た靴擦《くつず》れはまだ痛かったし、これで会場内を歩かねばならないのかと気落ちしていた。

「……ありがとうございます」

公子様の思いがけない優《やさ》しさに、素でお礼の言葉が出たことに気づかなかった。

ふと彼を見上げると、窓からの日差しを浴びて柔らかく微笑《ほほえ》んでいた。

「どういたしまして。ちなみにそれは魔道具の一種で、疲《つか》れを軽減させる効果を施《ほどこ》しているそうです」

「え⁉」

驚《おどろ》いて靴の中を覗《のぞ》き込もうとして、慌《あわ》ててやめる。

今日の私は魔道具に興味のない令嬢なのだ。

すんとした顔つきで、ブーツを箱から取り出す。

「今日のヒールはお気に入りでしたが、仕方ありませんわね」

そう言いながら、おろしたてのハイヒールを脱《ぬ》いで、ブーツに足を入れた。

柔らかく履き心地《ごこち》のいい編み上げブーツは、私の足に寸分違《たが》わずフィットする。

あまりの履き心地の良さに、ほっとした私を見た公子様が微笑んでいることなど、気づきもしなかった。

「魔道具の展示コーナーは広いだけで、本当につまらないですわね」

あぁ、楽しい。本当はすごく楽しい。

あっという間に博覧会の会場を一周してしまったけれど、更《さら》にもう一周するにはどうしたら良《い》いかしら。

そんなことを思いながら、公子様に案内されて会場の一角に併設《へいせつ》されたカフェに入った。

元々ある国営博物館をこの日のために増築した会場はかなり広く、朝一番に入場したのに、時間は既にお昼時だ。

公子様のくれたブーツのおかげで足は全く疲れないが、それでも喉《のど》は渇《かわ》く。

「そうですか？　俺は楽しかったですよ。もう一度『マジックボックス』を見ておきたいですね。少し休憩《きゅうけい》してからもう一周お付き合い願うのは無理ですか？」

「楽しくはないですが、最先端《さいせんたん》の催《もよお》しは自慢《じまん》になりますし、どうしてもと言うなら同行してあげてもいいですけど」

案内されたカフェのテラス席に座りながら、ツンとした表情を作って答える。

内心は、やったー！　と思わず心の中でガッツポーズをして飛び上がっているのだけど。

今日はなんとあのオルレインが作った王家所有のマジックボックスが特別展示されてお

り、興奮を抑《おさ》えるのが大変だった。

あのマジックボックスの前でなら一日中、いや、一週間でも眺《なが》めていられるだろう。

展示されたマジックボックスには幾重《いくえ》もの魔法陣《まほうじん》が描《えが》かれており、魔法石《まほうせき》も最高級品が使われていた。施された装飾《そうしょく》にも意味があり、分解して解読して、すべての謎《なぞ》を解明したいという思いを隠《かく》すのに必死だった。

さらには、あの箱の素材が何なのかガラス越《ご》しの距離《きょり》からでは分からず、それでも探究心がウズウズと頭をもたげ、色や材質から、あれとこれを混ぜたのかな？　魔法石を魔精《ませい》石《せき》にする手順はあれかしら、これかしら、と想像を巡《めぐ》らせ、公子様に声をかけられても気づかなかった。

途中《とちゅう》途中で魔道具について熱弁しそうになっている自分に気づき、「〜と、うちの魔道具開発担当者がそのようなことを申しておりましたわ」と何度誤魔化《ごまか》したか分からないが、公子様は微笑んでいたのでなんとか乗り切れたと思う。……うん。上手《うま》くやれたはずだ。

魔道具を見る度《たび》に妄想《もうそう》が妄想を呼び、早く何かの魔道具を作りたくてウズウズしてしまっているが、今日さえ乗り切ればそれも実現可能になるだろう。

その時、店員が注文していたサンドウィッチと紅茶、デザートを運んできた。テーブルに置かれた可愛《かわい》いお皿の上には、大好きなイチゴが中心に鎮座《ちんざ》し、季節のフルーツを載《の》せたケーキにテンションが上がる。

公子様の前にも同じものが置かれ、公子様がこちらを見て微笑む。

「パレンティア嬢、どうぞ召《め》し上がってください」

「ありがとうございます。いただきますわ」

これで少し会話が途《と》切《ぎ》れると安堵《あんど》して、サンドウィッチを食べた後、ケーキに載っていた桃《もも》を口に入れた。

ジューシーな甘さが口いっぱいに広がり、それを堪能《たんのう》していると、公子様は食べずにこちらを楽しそうに見ていた。

「……何か？」

「幸せそうに召し上がるなと思って」

その柔らかな言い方と蕩《とろ》けるような視線に困惑《こんわく》して、十分に噛《か》んでいなかったフルーツをそのまま飲み込んでしまい、ゴホゴホと咳《せ》き込んだ。

頬《ほお》をうっすらと桃色に染め、目も頬も蕩けている。……ように見える。のは気のせいであって欲しい。

「公子様は召し上がらないのですか？」

「つい見惚れてしまいました。俺もいただこうかな」

「と、とても美味《おい》しいですよ。そういえば、公子様は好きなものを最初に召し上がるタイプですか？　最後に召し上がるタイプですか？　例えばこのケーキに載っているイチゴとか」

そう質問すると、意外そうな顔をしてこちらを見た。

菫色《すみれいろ》の瞳をぱちぱちと二回瞬《まばた》きした後、少し嬉《うれ》しそうな顔をして頬を桃色に染める。

「嬉しいな。俺に興味を持ってくれたんですか？」

「え？　いや……」

「俺は、好きなものは最初に食べるタイプですね。貴女はどうですか？」

「まぁ！　私は好きなものは最後に食べる派なんです。楽しみは取っておきたくて」

そしてたっぷり溜《た》めて、真っ赤な唇《くちびる》を引き上げて敵大将の首を取ったかのように微笑んだ。

「合いませんわね、私たち」

ドヤ顔で言えば、嬉しそうに笑っていた公子様の顔が一転、驚いたように固まる。

「なるほど。そうきたか」

「え？」

呟《つぶや》いた公子様の言葉は聞き取れなかったが、再び楽しそうに彼の瞳が揺《ゆ》らぐのが見えた。

「俺は、好きなものは一番最初に食べるタイプです。貴女の大事に大事に取っておきたいという気持ちも分かるのですが、誰《だれ》かに掻《か》っ攫《さら》われたり、何か突発的《とっぱってき》な出来事が起きて食べられなくなったなんて目も当てられないですからね」

笑いながら公子様はイチゴにフォークを刺《さ》した。

その視線と言い方が何かを含《ふく》んでいるようで、思わずたじろいだ。

彼のお皿の上に載ったメインを奪《うば》う人間なんてどこにもいないだろう。

「食べ物に限りませんけどね」

「え？」

どういう意味かと聞き返すも、「何でもありません」と返され、私は二口目にケーキのスポンジ部分を口にした。

「どうぞ」

「はい？」

唐突《とうとつ》に言われた言葉に視線を上げると、目の前にはツヤツヤとしたイチゴ。

そのイチゴを刺しているフォークを持っているのは公子様だ。

「お好きなんでしょう？　イチゴ」

「いや……」

これは、『あーん』しろと言うことだろうか。

そこらじゅうの視線が刺さっている中で？　え？　これはどうするのが正解なの？

「こういうのは苦手でしたか？　こういったやり取りは慣れていらっしゃるかと思ったのですが……。ご不快にしてしまったなら申し訳ありません」

少し困ったように言った公子様の言葉にハッとする。

「もちろん！　日常茶飯事《にちじょうさはんじ》ですわ！」

そう言って、目の前のイチゴに思い切り齧《かぶ》り付いた。

あまりに勢いよく齧り付いてしまったため、フォークにガチンと歯が当たり、思わず顔を顰《しか》める。

「ふっ……」

公子様の小さな笑い声が聞こえ、見上げると実に楽しそうに笑っている。

「パレンティア嬢は本当に可愛らしい方ですね」

「と、当然ですわ」

これは褒められているのか笑われているのか分からず、そう返すしかなかった。

「他に何か俺に聞きたいことはありますか？」

「それでは、公子様はお肉とお魚ならどちらがお好きですか？」

モゴモゴとイチゴを咀嚼《そしゃく》する口元を隠しながら興味なさげに尋《たず》ねてみる。

「俺は肉かな。魚はあまり食べませんね。パレンティア嬢はどうですか？」

「私はお魚が大好きなんです。食の好みが合わない夫婦《ふうふ》は離婚率《りこん》が上がるそうですわ」

調子に乗って得意げに答えると公子様は更に目を煌《きら》めかせた。

「そうなんですね。公爵領《こうしゃく》は海から離れているので魚はあまり口にする機会がありませんが、カーティス領ではよく召し上がるのですか？」

「ええ。観光資源の一環《いっかん》になっておりますが、海鮮《かいせん》料理は我が領の自慢の品ですわ。なので、私は魚料理が大好きですの。公子様と好みが合わず残念ですわ。ほほほ」

離婚率の話を無視しないでと思いながら、言葉を並べる。

周囲の視線も完全にこちらに集中しており、「まぁ、なんて言い方」「ラウル公子様もあんな方と一緒《いっしょ》にいられるなんて本当にお心が広いわ」なーんて聞こえてくる。

もっと言って。どうぞ私の性格の悪さと品のなさ、このゴテゴテしたドレス、わがままっぷりを社交界に蔓延《まんえん》させてください。

今日はそのために、引きこもり癖《ぐせ》を抑えつけ、頑張《がんば》って朝早くから外で活動しているのだ。

婚約《こんやく》させられてしまうかもというストレスから早く解放されて、頭の先からつま先まで魔道具開発にどっぷり浸《つ》かりたい。

「俺も、新鮮《しんせん》なカーティス領の海鮮料理が食べたくなってきました」

「は？」

「カーティス領自慢の魚料理を食べてみたいですね。貴女が美味しいというなら間違いないでしょうし」

そのあまりの余裕《よゆう》の笑顔に硬直《こうちょく》する。

「え？　いや、……嫌いなものを無理して食べることはないかと思いますし」

「嫌いではないですよ。あまり食べないと言うだけで。ぜひ、今度カーティス領の美味しいお店を紹介《しょうかい》してください。きっと俺も魚を好きになりますよ」

にこりと、満面の笑《え》みを浮《う》かべたその爽《さわ》やかさが、更に私を怯《ひる》ませる。

何か！　他に！　話題を！

「ええと。公子様はアウトドア派ですか？　インドア派ですか？」

「俺はアウトドア派ですね。乗馬とか好きですし。貴女は？」

「私はインドア派ですわね。外は日に焼けるから好きじゃありませんの。趣味《しゅみ》も合いそうにないですわね」

「外で遊ばなくても、貴女となら……部屋に籠《こも》るのも素敵《すてき》な時間が過ごせそうだ」

ごふっ！　っと口に含んでいた紅茶を吹《ふ》き出《だ》すことだけはなんとか堪《こら》えて、信じられないと視線を上げた。

目の前には色気の暴力と化した公子様が優雅《ゆうが》にお茶を飲んでいる。

……駄目《だめ》だ、太刀打《たちう》ちできる気がしない。

いや、しかし、ここで折れては何のためにこの数日頑張ってきたのか分からない。

「……公子様。私たち、やっぱり合わないと思うんです」

「そうですか？　俺はとっても合うと思いますけどね」

満面の笑みを浮かべて全力の嫌《いや》みを公子様に告げるが、当の本人は意外なことをおっしゃるという表情で軽く微笑んでいる。

「でも、公子様は無理に私に合わそうとしていらっしゃるでしょう？　そういうのは長く続きませんわ。私も気疲《きづか》れしてしまいますし。結婚《けっこん》なんて到底《とうてい》話になりません」

そう言いながら、予習した小説の中のご令嬢の台詞《せりふ》がどんなだったか、なんとか記憶《きおく》を掘《ほ》り起《お》こしてこう言った。

「それに私はお金がかかりますわよ。ええと。ほら、最近人気の……その、……『マダム＝シュンリー』のドレスも揃《そろ》えたいし」

「あぁ、『マダム＝シュンロー』ですね。妹も好きだと言ってました。話が合いそうだ」

「……それから、何でしたっけ……。ミッツ……いえ、『ヒッツベリー』の宝石もシーズン毎《ごと》に揃えたいし」

「『ヴィッツベリー』の宝石は母も妹もよく身につけています。貴女を着飾《きかざ》らせる栄誉《えいよ》をいただけるなんてこの上ない幸せです」

〝パレンティアお嬢様。店名を間違えないでくださいよ。昨日散々練習したでしょう？〟

そんなブランカの呆《あき》れた声が今にも聞こえてきそうだ。

普段《ふだん》言い慣れない上に、興味のない店の名前など、全く頭に入ってこないのだから仕様がない。

戸惑《とまど》いを隠せない私に、公子様がふっと美しすぎる口元に弧《こ》を描く。

ここで挫《くじ》けてはいけないと、自分の中で想像する『男好きな女性』の仕草をなんとか捻《ねん》出《しゅつ》し、自分の黒髪《くろかみ》を肩《かた》からさらりと手で後ろに払《はら》った。

「そもそも、貴方と遊んでも楽しめるとは思いませんもの」

「そんなこと言わずに、お試《ため》しでもいいので。俺は貴女に遊ばれるなら本望《ほんもう》ですよ」

「何度も申し上げましたが、他の殿方《とのがた》とのデートの予約でいっぱいですので、公子様と遊ぶのは随分《ずいぶん》先の話になりますわね」

引きこもりの私の遊び相手なんて、同性にもいないけどね。と自分で自分に突《つ》っ込んで少し凹《へこ》むが気を緩《ゆる》めている場合ではない。

「列に並んで大人しく順番を待つほど、出来た人間ではないので。その彼らには順番を譲《ゆず》っていただきましょう」

微笑んだ公子様が煌めかせた瞳は、思わず喉をごくりと鳴らすほどにひんやりした空気を放っていた。

整いすぎた顔は微笑んでいても畏怖《いふ》の念すら湧《わ》いてくるものだと初めて知る。

待って。本当に困る。

「……公子様なら、遊び相手にはお困りではないでしょう？」

「遊んでいただきたい女性はパレンティア嬢だけですよ。そしてできれば、貴女の最後の遊び相手に」

この世のものとは思えない美しさを湛《たた》えて公子様が言えば、周囲から耳を劈《つんざ》くような令嬢方の悲鳴が聞こえる。

「っ……忙《いそが》しいので。まぁ、機会がありましたらね」

こんなデートは人生において一度で十分だと動揺《どうよう》しつつも答えると、クスリと目の前で小さな笑いがこぼれた。

「……約束ですよ？」

その刺すような、獲物《えもの》をロックオンしたかのような視線に困惑する。

「……え？」

「『機会があれば』……は約束ですよ？」

紅茶のカップを口元に当てながら、視線だけをこちらに向ける公子様の言葉にまたしても逃《に》げ出《だ》したくなるような何かが体を駆《か》け抜《ぬ》けていった。

何かまずいことを言っただろうかとふと不安になる。

「え……ええ。機会があれば……ですわ」

公子様の視線に動きを止められたかのように、私の口は滑《なめ》らかに動かなかった。

そんな私に笑顔で公子様が手を差し出してきたので、何かと一瞬《いっしゅん》怯む。

この雰囲気《ふんいき》で手を取ってしまうと、頭からガブリと食べられてしまいそうで、頭の中で警鐘《けいしょう》が鳴《な》り響《ひび》いていた。

「さて、せっかくですから、魔道具体験コーナーでも行きましょうか」

優雅な仕草と笑顔で差し出された手を取る他に、私にできることはなかった。

体験コーナーに向かう途中、ざわざわと人が集まっているところがあった。そちらに視線をやると、ある人物が視界に入って、冷水を浴びせられたかのような気分に襲《おそ》われ、思わず足が止まった。

ダレス＝サダ伯爵子息。

アカデミーで私の研究を横取りし、私に盗作《とうさく》の濡《ぬ》れ衣《ぎぬ》を着せた人物だ。

無意識のうちに、目を逸《そ》らす。

「パレンティア嬢？」

「あ、いえ……」

公子様は先ほどまで私が見ていた先に視線を送ったが、私が何を見たのかなんて分からないだろう。

ミリアが彼の横を歩いているのが見えたので、二人ともアカデミーの研究や何かでここに来たのだろう。国が力を入れている魔道具学部だ。特別招待枠《わく》があってもおかしくない。

「パレンティア嬢、どうされました？」

「いえ、これ以上は……退屈《たいくつ》なだけですので、場所を移して……そ、そういえば、この後の予定は？　王都に来たのは久しぶりなので、行きたいところがあるんですの」

なんとか話を逸らそうと、公子様に尋ねると、嬉しそうに顔を綻《ほころ》ばせた。

「どちらをご希望ですか？」

「歴史あるミッツ……じゃなくて『ヴィッツベリー宝飾店《ほうしょくてん》』に行きたいです」

これも、昨日ブランカと立てた計画だ。

どこかに出かけるチャンスがあれば『ヴィッツベリー宝飾店』が良いだろうと。

「宝飾店ですか……」

「ええ、先ほども申し上げましたが、私、宝石やドレスなど、キラキラしたものが大好きで、王都に来たら絶対行きたいと思っていたんです。目の届かないところで散財されては敵《かな》わないと、中々父が領地から出してくれないものですから」

この宝飾店は、海外にも支店があるほどで、質の高いものだけを取《と》り扱《あつか》っており、王家御用達《ごようたし》で、信じられないほど高価なものしか置いていない。

何より、貴族がこぞってここで買い物することをステータスとしているようだし、散財するならこの店しかない。と、姉様が言っていた。

「ヴィッツベリーなら近いですね。では参りましょうか」

公子様の言葉に頷《うなず》いて、差し出された手を取る。

ここで更に私の『悪評』を実感していただこうと心に固く誓《ちか》いながら。


ヴィッツベリーの店内は見るからに羽振《はぶ》りの良さそうな貴族たちがショーケースを眺めたり、自分の宝石についてマウントの取り合いをしていた。

上品で煌びやかな装飾の施された広い店内は、確かに貴族たちが『ステータス』と言うのも頷ける。

「公子様！ ようこそいらっしゃいました」

「突然《とつぜん》すまないね」

店内に足を踏《ふ》み入《い》れると、五十代半ばに見える男性が笑顔で出迎《でむか》えてくれた。

公爵家嫡男《ちゃくなん》のお出迎えとなれば、この店の最高責任者だろう。

満面の笑みを湛えた男性はこちらにも同様の笑顔を向ける。

「初めまして、私は支配人のケルト＝ヴィッツベリーと申します。この度はご来店ありがとうございます」

「初めまして。パレンティア＝カーティスと申します」

そう名乗ると、店内がざわついた。

先ほどの博覧会に続き、私たちがこの店内に足を踏み入れた時から、貴族たちの視線がこちらに集まっているのを感じていた。

特に女性の視線は鋭《するど》く、こんな高級店に出入りするのは『裕福《ゆうふく》な貴族令嬢』しかいないはずで、これなら手っ取り早く社交界に『パレンティア＝カーティス』の実態をばら撒《ま》いてもらえることだろう。

支配人も私の名前を知っていたようだが、少し目を見開いた後、先ほどと同様の笑顔を浮かべる。何を思ったか分からないが、さすがプロだと感心した。

「ところでクレイトン公子様。大変申し訳ないのですが、今応接室が満室でして……。すぐにご用意いたしますので、少々お待ちいただけますか？」

「気にしないでくれ、突然来たのはこちらだから。店内の商品を見せてもらうよ。パレンティア嬢もそれで良いかな？」

「仕方ありませんわ」

むしろ好都合で、わがままで金のかかる女をアピールするのに絶好の機会だ。個室では意味がなくなる。

この瞬間《しゅんかん》さえ頑張れば、後は、家に帰るだけ。全てが丸く収まるのだ。

「それでは、いくつか見繕《みつくろ》ってお席にお持ちしようと思うのですが、カーティス伯爵令嬢様はどのような宝石がお好みですか？」

「……そうね。とりあえず、大きくて高価なものを持ってきてちょうだい」

どのようなと言われても、なんと説明していいか分からないので、『高価』を強調しておけば間違いないだろう。

「支配人、彼女に似合いそうな大きめのデザインのものを持ってきてくれ。後は、他にもおすすめのものを」

「かしこまりました」

笑顔で公子様に返事した支配人は、近くにいた従業員に何か指示していて、私たちは店内の日当たりのいいところにあったテーブルに案内された。


目がチカチカする。

目の前に並べられた豪華絢爛《ごうかけんらん》な宝石たち。

「カーティス伯爵令嬢様、お気に召したものはありますか？」

「イマイチですわね。他のものを見せてくださる？」

先ほどからこのやり取りばかりで、そろそろ何か一つに決めなければ終わらないと焦《あせ》りが出始める。

次から次へと出される宝飾品はどれも国宝級に見えるし、どれを購入《こうにゅう》したら正解なのかが分からないし、遠巻きにこちらを見るギャラリーも増えてきている。

「こちらのルビーのネックレスはおいくらかしら？」

「三千万レガでございます」

「あら、意外に安いわね」

たっか！　めちゃめちゃ高い！　こんな欲しくもないものに出せる金額ではない。

「ほ、他の商品の説明をしていただけるかしら？」

「はい、こちらは――」

気の遠くなるような説明を聞いているうちクラクラしてきたが、「――いかがでしょうか？」の支配人の言葉にハッと我に返った。

「もっと他に良いものはないのかしら。ここは天下のヴィッツベリーでしょう？」

「パレンティア嬢、この髪飾《かみかざ》りはどうですか？　金細工が貴女の夜空のような髪《かみ》に似合うと思うのですが」

公子様はサファイアの埋《う》め込まれた金細工の髪飾りを手に取り、私の髪に触《ふ》れることなく合わせて微笑んだ。その様に、ご令嬢方から悲鳴が上がる。

「さすが公爵様。お目が高いですね。こちらは王家の方にお出ししても恥《は》ずかしくないものので。ヴィッツベリーの職人が一年かけて作った最高傑作《けっさく》なんです」

上機嫌《じょうきげん》で「こちらに揃いのネックレスもありますよ」と支配人が勧めてきた。

「なんで、あんな女に公子様が！」「ご覧になって、あの令嬢のさも当然という顔！　いいえ、むしろ不満そうだわ！」「文句があるなら代わっていただきたいわ！」

そんな声が方々から聞こえてくる。

いつでも代わって差し上げますとも、むしろ対価を払ってでも代わって欲しいぐらいだ。

「好みではないですね」

「そうですか？　この繊細《せんさい》で儚《はかな》い感じが貴女にとてもお似合いなのに」

今、その儚さとは遠いところを目指して頑張っているんですけどね！

そんなことを思いながら「ほほほ」となんとか受け流す。

「私は、宝石が大きくて、華《はな》やかなものが好みなんです。公子様はそういった華奢《きゃしゃ》なデザインがお好みですの？」

ここでも、『合わない』アピールは忘れず小出しにし、そろそろ『嫌な女だな』と思ってくれないかなと期待するが、不愉快《ふゆかい》そうな顔の一つも見せず、公子様は終始蕩けそうな笑顔を浮かべているので突破口《とっぱこう》が見つからなかった。

「それではカーティス伯爵令嬢様、次こそは気に入っていただけるかと思いますので、ご覧ください」

満面の笑みで、支配人が取り出したのは煌びやかな宝石箱。

金細工で繊細な模様が型押しされており、黒地に見える部分に嵌《は》め込まれているのはおそらく黒曜石だろう。

支配人が蓋《ふた》を開けた瞬間、中央に鎮座するシンプルな白金の指輪に私は息を呑《の》んだ。

三枚の花びらのようなデザインで、二つの小さなダイヤモンドに挟《はさ》まれ、中心に嵌め込まれた石から視線が逸《そ》らせなかった。

私に向かってこれでもかと言わんばかりに存在を主張している透明《とうめい》度の低い小さな紫色《むらさきいろ》の石は、私の視線を引《ひ》き剝《は》がすことを許さない。

あれは、魔法石だ。

しかも、魔物《まもの》から採れる希少な魔法石で市場に出回ることなどなく、アクセサリーにするなどもってのほか。

魔法石には大きく分けて、公爵領が持っているような鉱山で採れる魔法石と、強力な魔物から採れる魔法石の二つがある。

後者に至っては、極めて希少価値が高く、魔物から採れると言っても全ての魔物から採れるという訳ではない。

魔物は上からA、B、C、D級と分かれており、D級は冒険者《ぼうけんしゃ》や騎士《きし》団の新人が対応するレベルで、A級ともなると、騎士団がなんとか討伐《とうばつ》するようなレベルだと聞いている。

そのA級と呼ばれる魔物でも、必ず採れるとは言えない代物《しろもの》だ。

魔物の魔力《まりょく》が結晶《けっしょう》化したものだとも言われているが、まだまだこの点については解明されていない。

「やだわ。支配人ってばあんな地味なものを出すなんて」「さっきからあのようなわがままを言われれば腹も立ちますわ」「買う気がないなら帰れということじゃないかしら？」「むしろケースの方が豪華じゃない」

くすくすと笑いながら、周囲が何か言っているが、私はそれどころではなかった。

「ちょっと……指輪を見せていただける？」

そう言って、支配人に差し出された指輪を手に取る。

微《かす》かに魔力を感じるが、普段使っている魔法石と『何か』が違う。

言葉で言い表せないのは、私の経験不足か研究不足か。

この違和感《いわかん》だらけの感覚は、あの日、三年前にアカデミーで見た輝《かがや》きとそっくりだ。

さらには、よくよく見てみると、魔物から採れる魔法石特有の特徴《とくちょう》が現れている。

カットされた石の中にある気泡《きほう》のようなものに規則性があり、その気泡の色が微妙《びみょう》にグラデーションになっている。

見る気がなければ見えないが、見れば分かるような微妙な色。

色からしてウルフ系の魔法石だろう。

「パレンティア嬢？　こちらが気になりますか？」

公子様に名前を呼ばれてハッと顔を上げると、相変わらずの笑顔でこちらを見ている。

「え、いいえ。……その」

『パレンティア』として、この石を選ぶ訳にはいかない。

もっと、派手で、ギラギラした！　いかにも贅沢《ぜいたく》好きな感じの出るものにしなければ！

それでも、淡い藤色《ふじいろ》の指輪に目が吸い付いて離《はな》れない。

あの石があったら、何ができるだろうか。

先日完成した魔道具の最新版のものは、より強力なパワーが出せそうだし、なんなら通信機の稼働《かどう》時間も伸《の》ばせるかもしれない。いや、でもそれでは根本的な解決にはならないし、使うなら唯一無二《ゆいいつむに》の魔道具を作る時に……。マジックボックスに挑戦《ちょうせん》しちゃう……？

膨《ふく》らむ夢に悶々《もんもん》と意識が集中しすぎたせいか、横で公子様が口元を隠すように手を当てて、肩を揺らしているのに気づかなかった。

私に割り当てられた研究費用を全て注《つ》ぎ込んで、なんとかなるだろうか。

兄様が買ってくださったドレスや、宝石を売りたいと言ったら許してくれるかしら。

後でこっそり買いに来ようか。でもその間に誰かが買ってしまったら……。

だって、これが欲しい。どうしても欲しい。

一億弱……九千万レガぐらいで買えないかしら……。

「支配人。ちなみに……、これはおいくらかしら？」

「こちらは当店でも一番高いもので、八千五百万レガです」

「買うわ！」

間髪《かんはつ》入れずに答えながら勢いよく立ち上がり、ハッとして澄まし顔を作りソファに腰《こし》を下ろす。

価格もこのお店の最高額。これならば『強欲』のアピールもできて目的は達成。私も欲しいものが手に入れられてウィンウィンだ！

周囲も値段にざわつき始め、「なぜあんな指輪が？」「小麦ほどもないダイヤと紫水《むらさきずい》晶《しょう》じゃないか」と方々から聞こえてくる。

「さすがお目が高いですね。こちらのジュエリーボックスは西の砂漠《さばく》の王国より取り寄せた純度の高い黄金を使用し、嵌め込まれたブラックダイヤモンドは、高度な技術でカットしておりま……」

「あ、その箱はいらないわ」

「え？　いらな……？」

「ええ。重くて邪魔《じゃま》になりそうだし、この指輪はつけて帰るから包装も不要よ」

上機嫌で答えると、支配人の顔がきょとんとした。

「さ、左様でございますか。では、指輪だけのお値段ですと、二十万レガになります」

「え⁉　ウルフ系の魔法石が二十万⁉」

思わず出した声に周囲がざわめき、慌てて自分の口元を塞《ふさ》いだ。

今の私は魔道具など知識も興味もない、散財することが好きな頭空っぽ令嬢なのに。

「え……ええと」

「さすが、カーティス家のご令嬢。魔法石を見極《みきわ》めるご慧眼《けいがん》をお持ちでいらっしゃる」

公子様がにこやかに微笑みながら私の顔を覗き込んだ。

「貴女の仰《おっしゃ》る通り、これはウルフ系……『アイスウルフ』の魔法石です」

「「「え⁉」」」

店内にいた人たちからざわめきが上がり、私も顔を上げる。

「え？　なぜ公子様がアイスウルフと種族まで特定を……」

「実は、この魔法石はいつか貴女に贈《おく》ろうと思って、俺が以前領地で討伐した際に魔物から採れたもので指輪にしてもらえるように注文していたものなんですよ」

ニコニコと笑顔で言う公子様は、本当に楽しそうで、私は信じられないものを見る目で彼を見た。

なるほど。実質石代はタダで、二十万レガは加工代ということだろう。

「公子様が……注文？」

「ええ。『例の件のお礼』に、貴女に贈ろうと思いまして。カーティス家のご令嬢であれば、この価値を理解していただけるかと」

全てを見透《みす》かしたような目で、じっとこちらを見つめる公子様に言葉をなくした。

「これを見分けられるなんて、さすがですね」

「いえ、そんな。たまたまですわ。……その、本当にたまたまで」

「価値を分かってくださる方に持っていただけて、この魔法石も幸せだと思います」

「え⁉　いえ！　こんな高価な指輪を……」

頂く訳にはいきませんと言いそうになり、ハッと口を噤《つぐ》む。

いや、金遣《かねづか》いの荒《あら》いわがまま令嬢であれば、この指輪を「頂くわ」とさらりと言わなければいけないだろう。

でも、本来なら一億レガぐらいする魔法石を、「頂くわ〜、ほほほ」なんて言えない。

無料より高いものはないって、お父様も兄様も言ってたもの！

世のわがまま令嬢すごい！　でも、でも……ここで決めなければ……。

「家族の命のお礼には安いとお怒《いか》りになるかもしれませんが、受け取っていただければ幸いです。もちろんケースもセットで」

「こ……これを頂いたからと言って、婚約はいたしませんわよ」

「もちろんです」

「では、頂きますわ」

つっけんどんに言いながらも、冷《ひ》や汗《あせ》が止まらない。

公子様に何かお礼の品を送らなければ。『パレンティア』からではなく、カーティス家からとして。

うちの最高級グレードの魔道具新商品詰め合《あ》わせセットでもまだ足りないわ。

そんなことを考えていると、嬉しそうな公子様が指輪をケースから取り出し、私の左手の薬指に嵌めた。

周囲の令嬢は阿鼻叫喚《あびきょうかん》の声を上げていたが、それどころではない。

「パレンティア嬢。ちょっと、失礼します」

ふわりと、公子様が指に嵌めた魔法石に手を翳《かざ》して、魔力を通すのが分かった。

「あ……」

魔物の魔法石は何もしないとくすんでいるが、魔力を通すと中の気泡が消え、澄《す》んだ輝きになる、と聞いたことはあった。

その瞬間を見ることができるなんて……と、予想だにしていなかった経験に、ざわりと鳥肌《とりはだ》が立つほどに胸が震《ふる》える。

高額商品に何を返そうか……と思っていたことすら、頭の隅《すみ》から霧散《むさん》していった。

「綺麗《きれい》……」

「ええ……、本当に」

指輪に嵌められた魔法石に心奪われていた私は、その石と同じ紫水晶のような公子様の瞳がこちらを見つめていることに気づかなかった。

そうして私は強欲令嬢の名を社交界に知らしめた。……はず。

「今日は楽しんでいただけましたか？」

王都にある伯爵邸《はくしゃくてい》まで送ってもらい、馬車を降りたところで公子様が尋ねた。

「いいえ。結局マダム＝シュンローのお店に行けませんでしたし、公子様のエスコートの段取りの悪さにはがっかりですわ」

「残念です」

刺々《とげとげ》しく言っても、ちっとも残念そうじゃない公子様は、「悲しいな」と微笑んでいる。

本当はとってもとっても楽しくて夢のような時間だった。

一生に一度行けるか行けないかの魔道具博覧会で、見たかった魔道具は堪能できたし、何より体力のない私でも、広い会場を歩けたのはあのブーツのおかげだろう。

更には魔物の魔法石を手に入れることができ、私の魔道具師《まどうぐし》人生で最高だったと言ってもいい。公子様のエスコートも完璧で、世の女性たちが騒《さわ》ぐのが理解できた。

私の話も嫌そうな顔一つせず聞いてくれて、あまりに聞き上手すぎて危《あや》うく『素』が出るところだった。

「と、とにかく。私は満足しなかったのですから、婚約の話は諦《あきら》めてくださいね」

ツンとした態度で公子様にそう言うと、指輪のお礼だけ告げて逃げるように私はブランカの待つ屋敷《やしき》の中に入った。

五章　再会と来襲

あの『魔法石《まほうせき》』事件からすぐに領地に戻《もど》って一週間、公子様からは何の音沙汰《おとさた》もなく、平和な日々を過ごしていた。そう、研究室に籠《こも》るという平和な日々を。

「ねえ、ブランカ、私の演技も捨てたもんじゃないと思わない？　あれ以来、公子様から求婚《きゅうこん》の手紙も、贈《おく》り物《もの》もないし、うまくやれたと思うのよね。お父様もクレイトン家について何も言わないいし。まさに待ち望んだ引きこもりライフよ」

ふふんと上機嫌《じょうきげん》でブランカに言いながら、机の上にある魔精石《ませいせき》を綺麗《きれい》に磨《みが》いた。

「……。頭の中も平和でいいですね」

「何よ、その言い方。酷《ひど》くない？」

「だって、その指輪のデザイン……」

ブランカは公子様から贈られた指輪の嵌《はま》った私の左手を見た。

「え？　デザインが何？」

何のことかと首を捻《ひね》るも、私には花びらのような可愛《かわい》らしい指輪にしか見えない。

キラキラと輝《かがや》く魔法石はいつまでも見ていられる。

「用意周到《しゅうとう》ってことですよ」

「だから、何が？」

「まぁ、気づかないほうが幸せだと思うので。そういえば、今日はミンズ草を採りに行くご予定では？　開花するお昼に採取しないと効果が出ないとかどうとか」

そう言いながらブランカが窓の外を示す。

「あ、そうだった！　じゃあ悪いけど。この魔精石たちを窓際《まどぎわ》に並べて日光浴させておいてね！」

「かしこまりました」

慌《あわ》ててポシェットに外套《がいとう》にと準備を始める私を見つめるブランカが、小さくため息をつく。

「……公子様がお嬢様宛《じょうさまあて》に贈られたドレスとイヤリング、ネックレスのデザインとその指輪のデザインは、同じ睡蓮《すいれん》なんですけどね。魔法石を使えばお嬢様が絶対身につけると踏《ふ》んだに違《ちが》いないわ……。そして魔法石しか目に入らないお嬢様は気づいていない……。怖《こわ》っ……」

と、ブランカがブツブツと呟《つぶや》いていることなど聞こえもしなかった。

「ふふ、やっぱりちょうど咲《さ》き始めた時期だったわね。これならたくさんストックが作っておけるわ。ミンズ草はハスポポ同様浮遊《ふゆう》系の魔道具《まどうぐ》と相性《あいしょう》良《い》いのよね。目星をつけておいて良かったわ」

ここ、ラーガの森の中で可愛らしい小さな花を咲かせるミンズ草を次々と摘《つ》みながら、マジックバッグに入れていく。

あの盗賊《とうぞく》事件のあった日、屋敷《やしき》に帰る際にここでミンズ草の新芽を見つけたのだ。先日の雨でちゃんと咲いているか心配になっていたが、綺麗に咲く姿に安堵《あんど》した。

それからしばらく森を進みながら他の薬草を探していると、崖《がけ》の近くから顔を覗《のぞ》かせている黄色の花が目に留まった。

あの花の根っこは、水を弾《はじ》く性質があるので、現在研究中の魔道具の防水加工の材料になりそうだ。

恐《おそ》る恐る崖下《がけした》を覗き込むと、そこには数十本の黄色の花が咲いていた。

いくつかは諦《あきら》めないといけないが、四、五本は根っこから引《ひ》き抜《ぬ》けそうだ。

「よっ……と」

崖から落ちないように、近くに生えていた木の枝を掴《つか》み、体を目一杯《めいっぱい》伸《の》ばす。

するりと以外に簡単に根っこごと引き抜けたのでさらにもう一本の花に手を伸ばした

……その時。

ばきっと嫌《いや》な音がして体勢が崩《くず》れた。

「あっ……！」

落ちる！　そう思った時。

「パレンティア嬢《じょう》！」

誰《だれ》かが私を呼ぶ声と同時に体が後ろに引っ張られた。


「あ、ありがとうございます。え？　あれ？　ア、アリシア様？」

「何をしているんですか！　こんな崖から身を乗り出すなんて！」

崖から落ちそうなパレンティア嬢をすんでのところで抱《かか》え込むように引き寄せ、思わず声を張り上げてしまった。

「ご、ごめんなさい」

「……いえ、私の方こそ……。大きな声を出してごめんなさい。貴女《あなた》が無事で……良かったです」

首だけ捻って、申し訳なさそうにこちらを見上げた彼女の大きな瞳《ひとみ》には、長い銀の髪《かみ》に、豪華《ごうか》なドレスを着ている自分が映っていた。

まさかまたこんな格好で彼女の前に現れることになるとは思わず、内心大きなため息をつく。

「……先日盗賊騒《さわ》ぎがあったというのに、なぜこの森にまた来たのですか？」

「対策グッズはたくさん持ってますから。というか、アリシア様にこそ、その言葉をお返ししします。護衛も付けずになぜここに？」

ごもっともな指摘《してき》にぎくりとしつつもそれらしい言葉を並べてみる。

「ええと。……以前コチラに来た時に忘れ物というか、大事な物を落としてしまって……。そうしたら、たまたま貴女をお見かけしましたので。あ、護衛もいますよ。ただ、ちょっとお花を摘みに……。すぐに戻ります」

忘れ物とはよく言ったもので、本当は前回捕縛《ほばく》した盗賊の残党処理に来ていたのだ。

王太子が『女装囮《おとり》作戦は上手《うま》く行った』と言って、再度この手で行こうというものだから……。

本当に最後のつもりで囮作戦をしたところ、供述通り残党も全員捕《つか》まえることができた。

ひとまず安心しつつも、まさか盗賊騒ぎがあったばかりなのに採取だなんだとまた森に来ていないよな……と何となく森の見回りをしていたところに彼女を見つけてしまった。

予想通り、足元の草に夢中でズンズンと森の奥へ奥へと進んで行くのだ。

心配になり、こっそりと後ろから見守っていたところ、案の定身を乗り出して手を伸ばしていた。

「そうですか……」

じっと見上げる彼女にドキリとしながらも、未《いま》だ助けた状態のまま彼女のウエストを抱え込んでいることに気づく。

二度ラウルとして会っているので、こんな近距離《きんきょり》では正体に気づかれてしまうかもしれないと、パッと手を離《はな》して立ち上がった。

「と、とにかく今後はもっと気をつけて採取を行《おこ》なってくださいね。それでは私はこれで失礼……」

そそくさとその場を離れようとした時、何かにツンと引っ張られた。

ドレスの裾《すそ》をパレンティア嬢に摑まれているのだと気づき、困惑《こんわく》する。

「ええと？」

「……アリシア様。どうして私がパレンティア＝カーティスと気づいたのですか？　そしてどうして私は公子様に求婚される事態に陥《おちい》ったのですか？　一体どんな美談を公子様に語られたのですか？」

真顔で静かにそう詰《つ》めてくる彼女の圧があまりに重く、思わず一歩後ずさる。

「カーティス家のご令嬢《れいじょう》だと気づいたのは……そのポシェットの裏側《うらがわ》に……カーティス家の焼印があったので、きっとご令嬢だと」

困惑しつつもそう答えると、ポシェットの焼印を彼女が確認《かくにん》し、「お父様だわ……」と、恨《うら》めしそうに呟く。

「それで？　なぜ求婚などということに？」

「え？　特に何を話した訳でもなく、貴女に助けていただいたと家の者に話しただけです」

そう答えると、彼女は理解不能と言わんばかりに首を傾《かし》げた。

「本当にそれだけですか？　何か話を盛ったり、美化したりしてませんか？」

「していませんよ」

あまりに悲壮《ひそう》な彼女の表情に、本当に求婚を全力拒否《きょひ》されているのだと痛感し、鳩尾《みぞおち》のあたりに何か重く冷たいものが詰まったような感覚に襲《おそ》われる。

それでも、やはり諦めることなど到底《とうてい》できないと、無意識に拳《こぶし》を握《にぎ》りしめた。

誰かのものになる前に。諦めるんじゃなかったと後悔《こうかい》する前に……。

「……兄では、ダメですか？」

「え？」

絞《しぼ》り出《だ》すように言った言葉に、彼女は困惑の表情を浮《う》かべた。

「兄では、貴女の結婚《けっこん》相手には相応《ふさわ》しくありませんか？」

「相応しくないだなんて。それはこちらの方です。公子様は何人もの美しい女性とお付き合いされていらっしゃったのに、私なんかに興味を持たれることが理解できません。地位も名誉《めいよ》もお持ちの方が、こんな私にお声をかけることの方が歪《いびつ》です」

パレンティア嬢に今までの女性たちとの関係を指摘され、その上それを気にも留めていない彼女の言葉に勝手に傷つく。

「噂《うわさ》ほど兄は……、その女性関係が派手という訳ではなくて。確かに色々と噂されていますが、否定するのが面倒《めんどう》だと放置しているだけなんです」

言い訳がましいと思いながらも彼女に説明するけれど、パレンティア嬢は少し困ったように眉根《まゆね》を軽く寄せた。

「兄が嫌《きら》いですか？」

「え？」

「兄は生理的に受け付けませんか？　今まで確かに色々女性との噂もありましたし。でも、先ほども申しましたように大袈裟《おおげさ》な作り話も多くて。女性関係のトラブルなんて今まであ りませんし、お付き合いしている時に他の女性とかぶっていたなんてこともなく……」

これで生理的に受け付けないし、嫌いだと言われたら目も当てられないなと思いながらも、言葉は止まらない。

あまりに必死に見えたのだろう。パレンティア嬢は安心させるように微笑《ほほえ》んだ。

「嫌いだなんて。素敵《すてき》な方だとは思いますけど、私とは本当に趣味《しゅみ》も、好みも……生活リズムも合わないと思います。それに、ご存じの通り私は社交性もありませんし、貴族としてやっていく自信がないんです。ですから、公爵家《こうしゃく》を継《つ》がれる方が私と結婚しても……公子様には何のメリットもありません」

「兄は、メリットで貴女に求婚している訳ではないですよ」

「アリシア様をお助けしたことで、私のことを美化されているなら……、早く目を覚ますように伝えて差し上げてくださいね。と言っても、もうそんなお話も出てこないと思いますけど」

「……っ。美化だなんて。ちなみに、パレンティア嬢がもし結婚するとしたら、どんな方ならできますか？」

　ふと浮かんだ素朴《そぼく》な疑問を尋《たず》ねてみれば、パレンティア嬢は右斜《なな》め上に視線を泳がせながら、真面目に考えてくれている。

　そんな様子すら可愛くて、抱《だ》きしめたい衝動《しょうどう》をグッと堪《こら》えた。

「え？　うーん。そうですね。貴族夫人としての役割を求められず、魔道具作りに没頭《ぼっとう》できる環境《かんきょう》ならするかもしれません。その場合、何の柵《しがらみ》もない平民との結婚になりますかね……？　というか、そもそも出会いがないんですけど……」

「……可能性はゼロではないと……」

　小さな希望に、先ほどまで沈《しず》んでいた気持ちが嘘《うそ》のように軽くなり、口元が綻《ほころ》ぶ。

　そんな自分を、我ながら単純だと笑わずにはいられない。

「いいえ。何でもないです」

「え？　何がですか」

「あぁ、そろそろ帰らないと。アリシア様も気をつけて護衛のところへ帰ってくださいね」

少し太陽の傾《かたむ》きかけた頃《ころ》、そう言って、カーティス家へと続く街道《かいどう》を進んでいく彼女を見送りながら、『次の作戦』の構想に思いを馳《は》せた。

「……諦めないことを教えてくれたのは貴女だ。『ティア』」

小さくなっていく彼女の後ろ姿にこぼれた言葉を拾う人間はどこにもいなかった。


翌日、昨日採取したミンズ草から、ピンセットで花びらだけを取り分けているとコンコンコンとノック音が聞こえた。

「あ～……、パレンティア。……いるかい？」

「お父様？」

開いたドアから気まずそうに父が顔を覗かせる。

いつもお昼を食べる時間が遅《おそ》くなったりすると父が『ちゃんと食事を取りなさい』と注

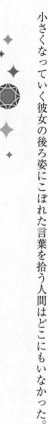

意しに来るのだけれど、まだお昼には早いし、父も執務《しつむ》の時間だ。

それとも徹夜《てつや》したことをまた咎《とが》めに来たのだろうか。

研究室は午後九時に鍵《かぎ》をかけられてしまうので、実験道具を使う作業はできなかったが、ベッドの中でこっそり採取した薬草の下処理をしていたのだ。

ブランカにバレないようにしていたつもりだが、まさかまた告げ口をしたのだろうかと、チラリとブランカの方を見ると、彼女は『私は関係ないですよ』と首を振《ふ》った。

「お父様、どうされまっ……!?」

ドアまで父を迎《むか》えに行くと、そこにまさかの公子様が笑顔《えがお》で立っている。

今日は先日と異なり騎士《きし》の出立《いでた》ちで、何事かと体の機能が停止した。

「こんにちは」

徹夜明けの目には痛いほどの眩《まぶ》しい笑顔で挨拶《あいさつ》され、思わず二歩後ずさるも、公子様は軽く一歩で詰めてくる。

今日は『悪評令嬢』の武装をしていないからか、人見知りが前面に出てしまい、思わず白衣で自分を守るように身を捩《よじ》った。

「な……なん……。なんで」

「展覧会ぶりですね、パレンティア嬢。先日の春の妖精《ようせい》のようなドレスも素敵でしたが、白衣姿も素敵ですね。とても理知的で唆《そそ》られます」

「そ……唆……っ⁉」

昨日から寝《ね》ずに作業していてとても『素敵』と表現できるような顔をしていないし、まして唆られるなんて生まれてこのかた言われたことがなく、頭が追いつかなかった。

なぜここに公子様が来ているのかと父を見るも、父は困ったように笑う。

「公子様が盗賊討伐《とうばつ》の件で来られて、……お前とも約束をしているとおっしゃったのだが……。一体何の約束をしたんだ？」

そんなものはした覚えがない。

「約束なんてしておりませんわ。それに、婚約の話も諦めてくださると……」

「先日王都でお会いした時に、今度カーティス領の案内がてら、美味《おい》しい海鮮《かいせん》料理を食べに連れていってくださると」

「いえ……領地の案内や海鮮料理については、機会があればと申し上げたと思いますが」

そんなところで揚《あ》げ足《あし》を取られてはたまらない。

「ええ、機会があればとおっしゃったので、もう一度チャンスをいただけたのかと思いまして。それに『俺のことを知ってもらって』と申し上げましたが、まだ十分の一も知ってもらっていませんからね」

「はい？」

「さらに言えばカーティス領の筆頭魔道具師《まどうぐし》に会いに来る必要があったので、丁度良い

『機会』だなと」

そう言って、彼は王太子殿下に渡したレポートを持ち上げて、「聞きたいことが」と言葉を添《そ》えた。

『詳《くわ》しいことはいつでもお尋ねください』と言った言葉を指しているのだと、真っ青になる。

「貴女が筆頭魔道具師ですよね」

予想外の指摘にびくりと体が硬直《こうちょく》し、「私なんかが、筆頭魔導具師な訳が……」と、否定の言葉が口をついて出る。

「またまたご謙遜《けんそん》を。貴女が筆頭魔道具師ですよね。ほら、このレポートと、博覧会のチケットの署名欄《らん》に書かれている『カーティス』の筆跡《ひっせき》が同じです」

「え!? あ、……それは……」

何も考えずサインしたチケットの裏面《りめん》。左手で書くべきだったと後悔しても後の祭りで、父が頭を抱え、ブランカがため息をつく。

そんな様子をよそに、笑顔でその二枚を差し出した公子様は実に楽しそうだ。

「……今日はお忙《いそが》しいですか？」

「え？　ええと……」

「お忙しいならまたの機会にお伺《うかが》いしようと思います。俺も貴女の邪魔《じゃま》をしたい訳ではありませんので」

会いに来たと言いながら、忙しいならとあっさり引き下がる公子様に戸惑《とまど》いを隠《かく》せない。

ぜひともこのまま帰っていただきたいが……。

その時、ブランカが「お嬢様」と、こそっと声をかけた。

「これはもう正攻法《せいこうほう》で行くしかありませんよ」

「正攻法って？」

「あれだけ『悪評』を実践《じっせん》してもダメだったんです。見てください。公子様はノーダメージですよ……むしろ更《さら》に押しが強くなっています」

「だから、どうするの……？」

ごくりと喉《のど》を鳴らせば、ブランカはチラリと素材の棚《たな》に視線を移す。

「お嬢様の本当のお姿を見せるんですよ。昔ご自身でもおっしゃっていたじゃありませんか。爬虫類《はちゅうるい》や虫を喜んで収集する令嬢なんてどの子息も好きにならないって。ましてや下処理をして、乾燥《かんそう》させて、粉末状にするなんて……と」

「え、あ……、確かに言ったけど」

「婚約を断ってもめげない。悪評にも抵抗《ていこう》がない、というか多分バレてます。そうなれば、お嬢様の趣味の悪さを露呈《ろてい》するのが最善の方法です」

「趣味が悪いって言わないで」

けれど、確かにブランカの言う通り、悪評を実践してもダメならば、社交界にも向かない、引きこもりの魔道具マニアだと思われた方がいいかもしれない。

「……それでは公子様、ぜひカーティス領の案内をさせてくださいませ」

私は覚悟《かくご》を決め、ぎゅっと両手の拳を握りしめて公子様に向き直った。

「賑《にぎ》わっていますね」

「ええ、こういったお店は初めてですか？　我が領地最大の魔道具素材店なんです。魔道具師を多く輩出《はいしゅつ》しているカーティス領ならではかと」

ざわざわと多くの人でごった返す店内を興味深そうに公子様が見回した。

ログハウス調の大きな二階建ての建物で、一階には素材が所狭《せま》しと置かれ、二階には魔道具の製作に使う鍋《なべ》やビーカーなど、製作に関連するありとあらゆるものが取《と》り揃《そろ》えられていた。国内最大の素材店と言ってもいい。

「そうですね。魔道具の店には行ったことはありますが、『素材店』は初めてですね」

公子様の言葉に「そうですか」と微笑みながらガッツポーズをする。

さぁ、ここは私のための舞台《ぶたい》と言ってもいい。

変な小細工もなし。ただいつもの自分でいれば、それで良いはず。

そう思いながらチラリと周囲を見渡《みわた》すと、店員も客たちも、『何者』が来たのかと興味深々に視線を向けていた。

さらりと靡《なび》く銀の髪に、吸い込まれそうな紫水晶《むらさきずいしょう》の瞳、整いすぎた顔立ちに毛穴ひとつ見つけられない滑《なめ》らかな肌《はだ》は、男性からも羨望《せんぼう》の視線が注がれている。

数少ない女性客は、恥《は》ずかしそうに頰《ほお》を染めながら商品棚の陰《かげ》からこちらを覗いていた。

魔道具の研究や製作に携《たずさ》わる女性は少なく、この魔道具界は男性社会と言っても過言ではない。

「どうしてもこの時期にしか手に入らないものがあるのです。注文した品物が多くて。お時間かかりますがよろしいですか？」

「もちろんです。何を購入《こうにゅう》される予定ですか？」

「メインは土トカゲの干物《ひもの》です。あとはリクオオグソクムシに、その他諸々《もろもろ》」

「土トカゲ……」

ふふふ。恐怖《きょうふ》に慄《おのの》くがいいわ。いいえ、むしろこれを先に出していた方が求婚などさっさと取り下げてくれたかもしれない。

中々土トカゲなんてお目にかかることはなく、『干物』と言ったけれど、もはやミイラだ。イモリやヤモリのような可愛いサイズの話ではない。

全長は私の身長と同じくらいあるだろう。土トカゲの干物を以前持ち帰ったら、兄様が悲鳴を上げて腰《こし》を抜かした。

　それに、幼い頃大切にしていたコグソクムシを従兄《いとこ》に見せたら、戦慄《せんりつ》の表情で、手からはたき落とされて、踏み潰《つぶ》されたのは忘れられない。

　男性でも、脚の多い生き物は苦手な人が多いようで、これは好きな人しか受け入れられないのだろう。

　兄に、『丸ごと購入しなくても、必要なパーツだけ購入すれば良いじゃないか』と言われたことがあるが、頭の先から尻尾《しっぽ》の先まで全て素材になるのだから、一頭購入が一番割安なのは間違《まちが》いない。

　もちろん使いやすいように、家の研究室ではパーツごとに分けて保管するが、家族どころかブランカもあまり近寄らない。

　そんなことを思い出しながら、私は、以前『カーティス家』でいくつか注文しておいた商品が届いているか、店主の元に確認しに行った。


「お待たせしました」

　よいしょ、と土トカゲとリクオオグソクムシを肩《かた》に担《かつ》いで公子様の元に戻ると、商品棚から興味深そうに顔を上げた公子様が固まって少し目を見開いた。

　驚《おどろ》いただろうか？

『こんな大きなトカゲを担ぐ令嬢なんてどこを探してもいない』と兄が固まって、信じられないものを見る目で卒倒《そっとう》したのだ、リクオオグソクムシなど、言わずもがなだ。

きっと、公子様も令嬢＋土トカゲの構図にはお目にかかったことなどないだろう。

ふっと勝利に口元を綻ばすと、「あぁ！」と公子様が何かがつながったような表情を浮かべた。

「それ、半年前に討伐しに行った時の土トカゲですね！」

「へ？」

「半年前に、大量発生した土トカゲを退治したものです。脚に、タグが付いていますね。どこで捕《とら》えたものか。この場所と日付なら我が国の騎士団ですね」

「……公子様が……？」

予想外すぎる反応と事実に目を見開いた。

「ええ、騎士団が納品したのか、騎士個人が持ち込んだか……。討伐に参加した騎士団員が持ち帰りを希望する場合もありますから。希望者には討伐した獲物《えもの》を配布することも可能なんですよ。討伐した個体数にもよりますけど。でも持ち帰る費用とか、販売《はんばい》までの管理を考えると手間が多くて、希望するのは少数派ですけどね。たいていは国が一括《いっかつ》して販売店に持ち込んで、討伐の特別手当を後から出します。そのほうが楽だったりしますし」

「現物……」

ごくりと喉が鳴った。なんと羨《うらや》ましいことだろうか。

けれど、どう考えても、私が討伐に参加できる訳ないし、そんなコミュ力も体力もない。新鮮《しんせん》な素材がゲットできる環境というのは純粋《じゅんすい》に羨ましい。

「ところで、それらの素材からは何が作れるのですか？」

「あ、はい。この土トカゲは自動点火竈《かまど》を作る際の材料になります。耐熱《たいねつ》効果の高い魔《ま》物《もの》なので、乾《かわ》かして粘土《ねんど》に練り込んで外枠《そとわく》を作ります。ほとんど外に熱を逃《に》がすことがないので、夏でも快適に使えるんです。カーティス領の生産品の中でも人気の商品ベストスリーに入ります。リクオオグソクムシは、来週あたりから咲くテンプ草という草と一緒《いっしょ》に撹拌《かくはん》して――」

かれこれ三十分。

ここぞとばかりに購入した素材の用途《ようと》や使用方法、効果について説明しているのだが、公子様が一向に嫌そうな顔をしない。こちらが酸欠になりそうだ。

「なるほど。さすがパレンティア嬢。魔物や素材に関して造詣《ぞうけい》が深いですね。ところで、こういった素材は乾燥している方が効果が高いのですか？」

「いいえ。何を作るかにもよりますので獲《と》れたての方が良いこともあります。植物も乾燥前の方が良かったり乾燥したものでないとダメだったり。後は組み合わせによっても――」

そうしてまた三十分。

質問が矢継《やつ》ぎ早《ばや》に飛んでくる経験などなく、こんなにも絶え間なく喋《しゃべ》ったことなど人生において初めてだった。

「——で、……、はぁっ……今回は、皮と爪《つめ》を、……はぁっ、使うんです」

酸欠状態になりつつも、ここで折れてはいけないと、ミジンコのような体力を絞り出してなんとか会話を続ける。

「なるほど。貴女が使ってくださると思えば、討伐にも力が入りますね。どのような納品状態が好ましいですか？」

「そうですね。……結構半分焼けた……状態のものが多いので、……はぁっ。一頭丸々購入できることは稀《まれ》なんです。なので、氷漬《づ》けに……」

そこまで言ってハッとして口を噤《つぐ》む。こちらを見た公子様は「？」と笑顔で首を傾げた。

「いえ、戦い方は私なんかが口を出すようなことではありません。危険な魔物を退治してくださるのに、……文句を言いたかった訳ではないのです。お怪我《けが》のないように、戦いやすいように……」

何を言っているのだろうか。きっと酸欠状態で頭が回っていないのだろう。伝えたいことも伝えられない……そんな自分に嫌気《いやけ》がさして、言葉が尻《しり》すぼみになっていく。

「ありがとうございます。お優《やさ》しいですね。でも気になさらないでください。参考程度に聞いていると思っていただければ」

「はい……」

「というか、俺がお持ちしましょう。それ、重いでしょう？」

そう言って土トカゲとリクオオグソクムシに、諸々の素材の入った袋《ふくろ》を私の手からひょいと取り上げた。

「あ、ありがとうございます」

「お役に立てて光栄です。まだ魔道具の素材で見るものはありますか？」

『素材』をあまりに爽《さわ》やかな笑顔で取り上げられたものだから、思わず固まってしまう。

今まで、こんなに笑顔で素材を持っていた貴族男性なんて見たことない。

アカデミーの生徒ですら、粉末に加工されたものならまだしも、こんなに笑顔で……。

「え……ええ。素材はおしまいなのですが、……公子様は『釣《つ》り』はなさいますか？」

「釣りですか……。俺はしたことがありませんね。パレンティア嬢は釣りもなさるのですか？」

「ええ。時々ですが、素材集めの一環《いっかん》で……我が領地自慢《じまん》の港にご案内します。もしよろしければ、やってみませんか？」

「嬉《うれ》しいな。貴女にお誘《さそ》いいただけるなんて。喜んでお供いたします」

そう言って、私たちは店を出て、カーティス領の東部にある海に向かった。

第一ラウンドの魔道具素材店では負けたけれど、次こそは！　と自分を奮い立たせた。

カーティス領内でも有名な漁港では、早朝に仕事を終えた漁師たちがのんびりとタバコを片手に休憩《きゅうけい》していた。

新鮮な魚介《ぎょかい》を求めて、多くの観光客が整備された港を楽しんでいる。

その漁港の一角で私は公子様に竿《さお》と、小さな木箱を差し出した。

「……これを、針につけるのですか？」

「ええ。『これ』を手に取って、針につけるんです」

そう言って、木箱の蓋《ふた》を開けて、中に入った餌《えさ》を差し出した。

ギザギザと足の生えているように見える、みみずに似た生き物がうぞうぞと蠢《うごめ》いている。

兄は、これを見た瞬間《しゅんかん》ひっくり返って、私が針につけているのを信じられないものを見る目で見ていた。

死んだものは平気だったかもしれないけれど、生きているものはどうだろうか？

「無理は……なさらないでくださいね」

にこりと微笑んでゴカイを手に取ると、頭から針に沿うように刺していく。

「……」

何も言わない公子様の視線を感じながら、ちょっと意地悪だったかなと少し暗い気持ちになった。

嫌がるかもしれないと思ってこんなことを提案するなんて、人として最低だなと思いながら「苦手でしたら、離れて見ているだけで大丈夫《だいじょうぶ》ですよ」と、罪悪感から一応フォローを入れると……。

「なるほど。こうですか？」

そう言って、私の手元を覗き込んだ。

見ると、初めてとは思えないほど手際《てぎわ》よく釣り針にゴカイをつけている。

「苦手……ではないですか……？」

「ええ」

「釣りは、初めてでは？」

またしても予想と違う反応に困惑しつつ、手際のいい公子様の手元に視線を注いだ。

「ええ、初めてです。貴女の教え方が上手いんですね。ちなみに何を釣る予定で？」

「ゴカイを餌に小魚を釣って……、それを生き餌《いえ》に蛸《たこ》を……」

「蛸！　良いですね。楽しそうだ。食べるんですか？」

「……素材です」

追い打ちをかける予想外の反応に、さらに私の目論見《もくろみ》は打ち砕《くだ》かれる。

蛸なんて、悪魔《あくま》と呼ばれる海の嫌われ者だ。カーティス領内でも、食べる人は少ない。

「蛸……お好きなんですか？」

「ええ、先日遠征《えんせい》先で輸送船を襲うオオダコの被害《ひがい》がありまして、討伐に行ったばかりです。退治した後は、調理して近隣《きんりん》の村や団員たちに振舞《ふるま》いました。美味しかったですよ」

「そ……そうですか」

結局第二ラウンド、『ウゾウゾ、ニョロニョロ作戦』もあっけなく失敗に終わり、私は小一時間ほど公子様と釣りをすることとなった。

楽しんでいては、もはや何をしに来たのか分からない。

「たくさん獲れましたね」

「ええ、公子様の手際が良すぎて、当分海に来なくても良さそうです。いろんな意味で」

そう、蛸を釣ったあと、ここら一帯を荒《あ》らしていた『主』と呼ばれる五メートル級のオオウツボを退治までしてしまったのだ。

これまで領内でも何度か討伐を試みたが、上手く行かず、ずっと手を焼いていた大物だ。

更に言えば、オオウツボの毒は希少性の高い素材で、ミリアが先日の手紙に『探している』と書いていたので、送ってあげようと少し楽しみになる。

そんなことを考えているうちに、オオウツボに獲物を取られていた漁師たちは公子様に群がって感謝を述べ始めていた。

「いやぁ、本当に助かったよ！」「強いと思ったら、有名な王国騎士団の団長様じゃないか！」そんな風に公子様に押し寄せてきた漁師たちに、公子様が笑顔を向ける。

「どういたしまして。将来のお嫁《よめ》さんの領地ですからね」

「「え⁉」」

目を見開いて、彼を見上げると、周囲の人たちは大きな声でさらに公子様に詰め寄った。

「何だって⁉　どちらのお嬢様だい？　そういや上のローズ様は先日婚約が決まったって聞いたけど、お相手はクレイトン家の公子様だったのか」

「いいえ、次女のパレンティア嬢ですよ。真面目で、優しくて、ひたむきで、とても可愛らしい素敵な女性です。と言っても、まだ求婚中でイエスと言ってもらってないですけどね」

その言葉に領民たちはぴたりと止まり、こちらも、思わず赤面して動きが止まった。

公子様の笑みを湛《たた》えた視線とぶつかると、領民たちが公子様の見ている方向に揃って首を動かし、彼らの視線が一斉《いっせい》にこちらに向けられる。

漁師たちは何かに納得《なっとく》したように、私を見てあたたか～く微笑んだ。

「え？　いえ。その……。わた、私は、結婚は……イエスとは言ってなくて」

人の多さに圧倒《あっとう》されながら、小さな声でなんとか抵抗する。

「そうかそうか！　あの可愛らしい方がパレンティア様か！　お似合いの二人だな！」

「結婚祝いには早いけど、この魚持ってってくだせぇ。おめでとうございます！」

「「「おめでとうございます‼」」」

何だかいつの間にか結婚する流れになっていて、「え？……いや、結婚は……しませんよ」と再度口にするも、私の声が小さすぎるせいか誰も相手にしてくれない。

そんな中、公子様は「ありがとうございます。幸せにします」なんて、ふざけたことを抜かしていた。

帰り道、もう諦めの境地に達したせいか、変な作戦はやめようと心に決める。

何をやっても楽しそうにこちらを見ているし、何をやらせても完璧《かんぺき》にこなされては、太刀《たち》打《う》ちなどできない。婚約に関しても変な小細工などせずに、正直に「ただ結婚したくない」と言うしかないかもしれない。

領民たちが、「結婚話」に盛り上がるのが耐《た》えきれず、「屋敷に帰りましょう」と、疲れ切った状態で帰路についた。

◆

「お役に立てましたか？」

「え？」

「魔道具店に蛸釣り。俺は荷物持ちぐらいにはなりましたかね？」

「荷物持ちどころか、オオウツボを退治していただいて、感謝しかありません」

「それにしてはご不満そうだ」

思わず彼を睨《にら》みつけるも、楽しそうに目を煌《きら》めかせていた。

「……分かっていらっしゃるでしょう？」

「ははは」

私の研究室で、お茶を飲みながら笑う公子様を更に恨めしげに見る。

けれど、相変わらず公子様は楽しそうで、周囲の研究道具や素材、試作品などを興味深そうに見ていた。

「……無理なさらないで結構ですよ？」

「何がですか？」

「魔道具なんて……興味ないんじゃないですか？」

私の言葉に公子様は一瞬固まって、目を見開いた。

「公子様は魔法が使えるとお聞きしています。魔道具なんてお遊びみたいなものでしょう？」

チクチクした物言いをしてしまったと後悔するも、口から出た言葉は取り消せなかった。

普段《ふだん》、他人と話すことがないから、距離《きょり》感がおかしくなっているのだろうか。

それとも『悪評令嬢』が抜けきっていないのか……。

「魔法は便利ですが、普段は使いません。魔法は魔力《まりょく》の消費が激しいので、体力的にも負担ですから。貴女方魔道具師が作ってくださった道具に常日頃《つねひごろ》からお世話になっていますよ。……というか、俺が魔法を使えるのはご存じだったんですね。嬉しいな」

「いえ……、知ったのは求婚のお手紙が来た時に、兄が言っていたものですから……」

「そうですか。それでも、自分のことを知ってもらえるのは嬉しいですね」

「はぁ……」

なんと返して良いか困惑していると、公子様がふと私の指輪に目線を移した。

その視線を追って、私も指輪に視線を落とす。

「指輪。つけてくれているんですね」

「……これは、肌身離《はだみはな》さず持っていないと……アクセサリー類に興味がないので、外すと無くす自信があるんです。こんな貴重な魔法石、無くす訳にいきませんから」

「どんな理由でも嬉しいです。でも、それ、……魔道具の研究に使っていただいて良いんですよ？」

「え⁉ 良いんですか⁉」

思いもしない公子様のありがたい言葉に、勢い良く顔を上げると今度は公子様が軽く目を見開いた。

「え？　本当に？　公子様、今の言葉本当ですか？　台座から外して、魔道具の実験に使って良いんですか？」

「使ってみたいものがあるんですか？」

「ええ！　常々出力の足りない魔道具に、魔物から採れた魔法石を使ったらどうなるだろうって考えていたんです。この魔法石をもらった日から妄想《もうそう》が止まらなくて、夜も眠《ねむ》れず、毎晩眺《なが》めているんです」

　思わず握り拳で熱弁すると、公子様の肩が震《ふる》え始めた。

「……公子様……？」

「……ぶっ。ははは！」

「……あの？」

「失礼しました。貴女があまりに可愛くて。分かってはいたつもりですが、本当に魔道具がお好きなんですね。目が、キラキラしている」

　貴方の方がキラキラしていますよ。

　そう言いたかったけれど、私の口からその言葉が出ることはなかった。

「パレンティア嬢は魔道具の話をしている時が本当に可愛いですね」

「……ありがとう……ございます……？」

　公子様の微笑みに、国宝級の顔面をお持ちの貴方にそんなことを言われても、と思いながら返事をする。

「パレンティア嬢はいつから魔道具の開発を？」

「――魔道具は小さい頃から好きで、初めて魔道具を作ったのは七つの時です。それから十年、ずっとのめり込んでしまって」

「そんなに小さい頃から？　独学ですか？」

「その、……十三歳からアカデミーの魔道具科へ通ったのですが、ちょっと色々あったもので、一年も経《た》たずに退学しました……」

　話さないほうが良いのだろうかと、思わず口を噤んだけれど、ここまで自分が魔道具マニアだとさっきから暴露《ばくろ》しているのだ。何も隠すことなんてない。

「……オルレイン魔道具師ってご存じですか？」

「もちろんです。確か歴史上最も多くの魔道具を開発した人で、例の王家のマジックボックスを作った人でもある……」

「ええ、そうです。本当にすごいですよね。何を作りたいというよりも、……私も彼のようになりたいと思ってて、……今、彼の作った魔道具大全集を探しているんですが、貴重なものなので手に入らないんです。オルレイン魔道具大全集には彼が開発したものだけでなく、彼の未完成の作品も載《の》っているそうで、どんなものを作ろうとしていたのか気になります。……私は本当に失敗ばかりで彼のような才能はないけれど、生活を少しでも豊かに、誰かが喜んでくれるものを作りたいんです。……と言っても、娘《むすめ》の役割すら果たせず家のために何もできていない私が言うのも烏滸《おこ》がましいのですが……」

きっと家族は、私がいつか誰かと幸せになることを望んでくれていると思う。

両親は自分たちが恋愛《れんあい》結婚だったからか、姉や兄にも敢《あ》えて婚約者を作らず、好きな人と幸せになって欲しいと昔から言っていた。

それが幸せで終わるかなんて分からないけれど、人を愛する気持ちを大切にして欲しいというのが昔からの両親の意見だ。

けれど、今の私はそれを全否定しているようなものだ。

でも私の意見を尊重してくれる両親に、何か返したい。結果を出したい。

魔道具製作は、失敗ばかりで嫌になることもあるけれど、『カーティス家の功績』と思われるものを、一つでもいい。形にしたい。

「私からしたら、あんなにすごい魔道具をたくさん作っているパレンティア嬢は天才だと思いますけど……」

「いえ……祖父や、歴代の魔道具師たちから見たら、……特に才能もない『平凡《へいぼん》』だと思います」

「……才能はありますよ」

「え？」

驚いて公子様の顔を見上げると、ふわりと微笑んでこちらを覗き込んでいる。

その柔《やわ》らかな視線に胸が大きく跳《は》ねたのが分かった。

「『好き』というのは才能ですよ」

「でも、好きなだけでは……」

「好きでないと、どんなに努力したって、頑張《がんば》った分の半分も成果に出ないかもしれません。結果が出なければ諦めることもあるでしょう。好きだから、もっと、もっとと貴女は知識を求め、研究をし、失敗しても努力をしようとお考えになるのでしょう。……貴女のそのひたむきさは、人の心を動かします」

その言葉に、胸《むね》の奥が締《し》め付《つ》けられる。

『好き』だけではどうにもならないことも分かっている。

けれど、幼い頃初めて作った魔道具を見せた時、家族が喜んでくれたことがとても嬉しかったし、自分が何かを作れるということも嬉しかった。

「……ありがとうございます。なんだか、もっと魔道具作りが好きになりそうです」

「――そんな貴女にご提案が」

「え？」

唐突《とうとつ》に声のトーンを変えた公子様が、胸ポケットから一枚の紙を私に差し出した。

「魔道具発表会に出てみませんか？」

「ええ、この国の魔道具師たちの発表の場です。各々《おのおの》の開発した魔道具を発表して、優勝者には賞金と賞品が与《あた》えられます。個人の参加でもチームの参加でも可能ですよ」

「発表会ですか……？」

公子様の説明を聞きながら渡された紙に目を通していると、驚くべき内容に目が留まり小さく息を吞《の》んだ。

「優勝賞品が……リヴァイアサンの鱗《うろこ》？」

「俺には分かりませんが、これは魅力《みりょく》的な賞品ですか？」

「もちろんです！　こんなの買ったら我が家《や》の開発予算は吹《ふ》っ飛《と》びます」

「……してみませんか？　エントリー」

未知の魔道具たちが集まる場所。ワクワクしない訳がない。

今までなら、人前に出ることに怯《おび》えて足を運ぶことすら憚《はばか》られた夢のような舞台。

みんな何を考えて、どんなものを作ってくるのだろうか。

「出て……みたいです」

震える声を抑《おさ》えながら、高揚《こうよう》した気分で公子様に返事をした。

「申し込みの締め切り期日が近いのですが、何か発表できそうな魔道具はありますか？」

「はい、あります！　三年前から、研究していたものが！」

思わず声が大きくなり、「失礼しました」と小さく謝る。

家族やブランカ以外にこんな大きな声で話したことなどあっただろうか。

公子様はクスリと笑って、一枚の紙を取り出した。

「それでは、こちらの申込書にご記入を頂いてもいいですか？　下の欄には魔道具の名前と内容、製作に至った理由、主な使用目的を書いてください」

「は、はい」

目の前に置かれた申込書に記入していく。

家族ではない誰かの前で発表するということに、まだ申込書を書いているだけなのに緊《きん》張《ちょう》してきた。

一文字一文字、丁寧《ていねい》に書いていく。

「出来ました」

「はは、びっしりですね。では、こちらの専用の封筒《ふうとう》に入れて封《ふう》をし、署名をしていただけますか」

「……書きすぎはよくないでしょうか？」

手渡《てわた》された封筒に書類を折って入れながら公子様に尋ねる。

「良いと思いますよ。熱意が籠っていて。では、こちらにも署名を」

「あ、はい」

そう言って、公子様がもう一枚出してきた紙にもペンを走らせる。

署名欄に、『パレンティ』まで記入したところで、はたと気づく。

「これは、『結婚契約書《けいやくしょ》』じゃないですか！」

「チッ、ダメか」

「冗談《じょうだん》もほどほどにしてください！」

ダメに決まってる！　と、また声が大きくなった。

ふざけるのも大概《たいがい》にして欲しいと思いながら公子様を見ると、あまりに真剣《しんけん》なアメジストの瞳にぶつかって、雷《かみなり》に打たれたかのように、体が強張《こわば》る。

「冗談ではありませんよ」

その、公子様の声に籠る熱と、絡《から》め取るかのような視線が、私から言葉と思考をも奪《うば》った。

「俺は、冗談で貴女に求婚したことなど一度もありませんよ」

「……何度も……申し上げましたが、その……大変ありがたく、身に余るほどの光栄なお話なのですが、そのお話は辞退させていただきたいのです。私は静かに魔道具の研究をしたいし、社交活動なんて向いてません。それに……その……」

手元に視線を落とし、ぎゅっとドレスを握った。

何か、何か言い訳を。と、混乱した頭をフル回転させる。

「……結論を出す前に、こちらを見ていただけますか？」

落とした視線の前に差し出された先ほどの一枚の紙。

「……？」

「契約内容を見ていただきたいのです」

公子様に促《うなが》され、出された書類に目を通して、言葉を失った。

『一、社交界への出席は極力不要』

『二、夫婦《ふうふ》の寝室《しんしつ》は別々で夫婦生活も強要しない』

『三、専用の魔道具研究棟《とう》を建設』

『四、可能な限りの素材と、年間一億レガを研究費として提供』

その内容に、固まる。

「これは……」

つまり？

「今の生活と何ら変わらないまま、俺と結婚して欲しいということですよ。魔道具に関しても、俺は一切口を挟《はさ》みません」

今までと何ら変わらないどころか、今の生活よりも格段に良い。

魔道具に関して自由にして良いということは、今よりも好きなように研究できるということだ。

現在、家の研究室は使用時間を決められているし、素材や専用機器なんかを揃えるための年間予算は三千万レガに抑えている。

アカデミーには専用の機器がたくさん揃っていたので、その点は恵《めぐ》まれていたが、個人でやるには限界がある。

しかも結婚の最大の案件である夫婦の部屋問題。別室というところが、良い。最高。昼夜逆転にして魔道具の研究に専念するというのも良いだろう。いや、でも……。

それ以前に……。

「……これって、公子様が結婚されるメリットあります……？」

「もちろん、あります」

……どこに？

「お世継《よつ》ぎ問題とか、社交界での私の役割とか……。メリットはないと思うのですが……」

彼の表情から情報を読み取ろうと恐る恐る視線を上げた。

それがまずかった。

がっつりとぶつかった視線に、彼が嬉しそうに目を輝かせ、全身が蕩《とろ》けてしまいそうな微笑みを浮かべている。

「貴女が好きだから、メリットは十分ありますよ」

「……好きになってもらえる理由がありません」

「以前から貴女を知っていたからです」

「……人違《ひとちが》いでは？」

引きこもりで、社交界にも出ないし、アカデミーでも目立たなかった平民を知っているはずなんてない。しかも、あんな汚名《おめい》を着せられて退学したのだ。

もしもアカデミーで会っていたというなら、盗作疑惑《とうさくぎわく》のある令嬢に結婚を申し込もうだなんて考える訳がない。

そもそも私には彼に会った記憶《きおく》すらないのだ。

「……貴女に愛を求めないと約束しましょう」

「……は？」

突然《とつぜん》変わった話題に一瞬混乱するが、その落ち着いた声に含《ふく》まれる強い意思を感じ、本当になぜ私と結婚するのかという疑問が頭を埋《う》め尽《つ》くす。

金は出す。夫婦生活も不要。愛も求めない。だったらなぜ？

「それでも、側にいて欲しいと……、願ってはいけませんか？」

今にも泣き出しそうな、切ない紫《むらさき》の瞳に言葉を失った。

私に、この書類に示されている金額ほどの価値があるとは到底思えない。

それに、私はやっぱり……家族以外の人と関わりを持つのが怖《こわ》いし、踏み出す勇気がないのだ。

なんと答えればいいのか返答に困り、落ち着かない沈黙《ちんもく》が広がった。

父や母が、私の幸せな結婚を望んでいるのは感じている。

破格の条件だし、これほどの高待遇《たいぐう》は二度とないだろう。

「……少し、考えさせてください……」

「もちろんです。『断る』から、『考える』に変わってくれただけで嬉しいです」

機嫌《きげん》の良さそうな公子様は、「ああ、それから」と言葉を紡《つむ》ぐ。

にこりと笑って机に置かれた結婚契約書の第四項《こう》を指差した。

「『可能な限りの素材』は、その指輪の魔法石と同じようにお渡ししようと思います」

「……公子様自ら討伐なさる……と？」

「ええ。魔物に限らず、薬草でも手に入れられる機会があれば。お好きでしょう？　新鮮素材」

公子様はこの研究室の一番奥の机に置かれた、先ほど採ってきたばかりの素材に視線を移す。

「……あ、頭に入れておきます」

「それから、この書面には書いていませんが結婚の際には貴女の侍女《じじょ》ももちろん一緒《いっしょ》に来てくれて構いません。当然クレイトン公爵家から給料を出しますので、そうなった時の雇《こ》用《よう》契約書がこちらです」

公子様はずっと黙《だま》って私の後ろに控《ひか》えていたブランカを呼び寄せて紙を手渡した。

ブランカは素直《すなお》にそれを受け取ったが、書面に視線を落とした途端、顔が固まる。

「……拝受いたします」

そしてそれを綺麗に折りたたんで胸元《むなもと》に大事そうにしまった。

「では、俺はこれで失礼いたします。発表会の件は帰ってすぐに手続きしておきますので、追ってご連絡《れんらく》いたします。一次選考は書類審査《しんさ》で、それを通過すれば最終選考です。また結果をお送りします」

そう言って、公子様は上機嫌で帰っていった。

「──嵐《あらし》のようだったわね」

公子様の見送り後、自室に戻ってソファに倒《たお》れ込むと、ブランカがお茶を淹《い》れてくれた。

「お嬢様。これ以上ない最高の条件かと思います。焦《じ》らしたりせずに、即決《そっけつ》してしまってよろしいのではないでしょうか？」

ブランカが、しれっと言った言葉にギロリと睨みつけた。

「……ブランカ？」

「文句も言われず魔道具の開発ができて、研究費用も三倍。しかも専用の研究棟まで作っていただけると。更には結婚生活の煩《わずら》わしさに困ることなく、夫婦の営みも不要。これ以上いい条件の結婚ってありますか？　夢のような話だと思いますけど」

その通り。夢のようだ。けれど、そんな簡単に頷《うなず》けなかった。

長年私の心にある他人に対する恐怖心と不信感は……簡単に消すことなどできない。

分かっている。要は単に怖いのだ。

自分の世界を変えようと、引きこもりから勇気を出して飛び出してみたものの、見事に失敗して、逃《に》げ帰《かえ》った。二度目なんて怖くて踏み出すことすらできない。

「お嬢様？　聞いてます？」

「え？　ええ。もちろん聞いてるわよ。……やけに推《お》してくるわね」

振り返った時、彼女の胸元からチラリと覗く紙が見えた。

先ほど公子様がブランカに渡したものだ。

「それ、どんな雇用条件だったの？」

「黙秘《もくひ》いたします」

「……ちょっと！　まさかお給料の多さに惹《ひ》かれて私を彼に嫁《とつ》がせようなんて考えていないわよね⁉」

「失礼なことおっしゃらないでください。私はいつでもお嬢様の幸せを祈《いの》っているじゃありませんか」

少し怒《おこ》ったようなその口調に思わず「そうよね、ごめん」と謝ってしまう。

「でも、私の幸せを願ってくださるなら、公子様と結婚されるのがベストかと」

「やっぱりお給料良かったんでしょ!!」

――そんなやり取りから二週間後、公子様から魔道具発表会の最終選考に残ったと手紙が届いた。


ガタンゴトンと会場に向かう馬車の揺《ゆ》れを心地《ここち》よく感じながら、ずっと疑問に思っていたことを聞いてみることにした。

自分から聞くのはあまりに気まずい内容だったが、『なぜ？　どうして？』が頭を支配して聞かない訳にはいかなかった。

「……どうしても思い出せないのですが」

「はい？」

「公子様は私に会ったことがあるとおっしゃいましたが、人違いではないでしょうか？　本当に私だったとしても、公子様のお相手なら私のような変わり者ではなく、もっと素敵な方がたくさんいらっしゃると思うんです。引きこもりで、悪い噂のある女など私ぐらいしかいません」

公子様のマイナスになることはあっても、プラスになることなんてないだろう。

するとと、公子様は少し困ったように笑う。

「……だから、俺の気持ちが信じられないと？」

「ええ。……そうです。自分でも令嬢として何の取り柄《え》もないことは自覚しています。貴方はどんな女性だって選べます」

「でも、その選んだ女性はちっともこちらを向いてくれませんよ」

その言葉にハッとしてラウル様を見ると、とても悲しい目をしていた。

「ですから……。その……」

公子様は深いため息をついて、じっとこちらを見つめる。

その瞳は言葉にするのを迷っているようで、何か不安な気持ちにさせられた。

「実は……貴女にお会いしたのはアカデミーなんです」

「え⁉」

ラウル様の言葉にサッと血の気が引く。そんなはずはない。

だって私はアカデミーでほとんど誰とも喋らなかったし、交流があったのは同じ研究班ぐらいだ。

年齢《ねんれい》的には確かに被っているけれど、騎士学部との交流なんて全く持ったこともない。

「この話は、自分の格好悪さを露呈するようで避《さ》けていたのですけどね……。俺と会ったことなんて覚えていませんよね。貴女はいつも眼鏡をかけて長い前髪《まえがみ》で顔を隠し、俯《うつむ》いて本を読んでいましたから」

「……」

懐《なつ》かしむように微笑んだ彼に思わず体が硬直する。

そこまで身バレしているということは、私が辞《や》めた理由も知っているはずだ。

尚更《なおさら》彼が私を好きになった理由が分からなかった。

辞める前も耳を塞《ふさ》ぎたくなるような嫌な噂がアカデミーに広がっていて、濡《ぬ》れ衣《ぎぬ》だと言っても誰も相手にしてくれなかった。

その時の気持ちが蘇《よみがえ》って膝《ひざ》の上に置いていた手をぎゅっと握りしめた。

「きっかけは……そうですね。……一枚、貴女の持っていた本の間から紙が落ちたのを拾ったんです」

「紙？」

「はは、やっぱりその様子だと覚えていませんよね」

それだけのことを覚えている公子様の記憶力が良すぎるのでは……。会ったというほどのものでもないのではと思ってしまう。

「それでですね、紙を渡したら不審《ふしん》そうにこちらを見て、ぺこりと頭を下げて去っていかれたんです」

「……すみません」

確かに自分のやりそうなことだと納得する。

俯いて小さく謝罪すると、クスリと笑う声が聞こえた。

「あれ、伊達《だて》眼鏡ですよね？　今思えばレンズも分厚かったたし、見えづらかったんじゃないかなとは思うのですが、逃げるように去っていかれたので、変わった子だなと思ったんですよ」

確かに、次期公爵様にそんな態度を取るなんて失礼極《きわ》まりなく、覚えられていても仕様がない。

「……そうですか。それは大変失礼いたしました」

「その後、貴女が魔道具学部の首席入学者だと聞いて、食堂でも図書館でも、熱心に勉強する姿をすごいなと見てました。入学早々既《すで》に色々なものを製作したと噂にもなっていましたし」

あの頃は必死で、どこにいても本に齧《かじ》り付いていた記憶しかない。

あんな姿に惹かれるなんてことはまずあり得ないと思うのだけれど……。

「それから貴女を目で追うようになりました。気づけば、いつも本に囲まれて、一心に魔道具に向き合う貴女に惹かれていました。とても可愛らしいなと思ったのを覚えています」

「それだけで……？」

「いいえ。惹かれていたのも事実ですが、……俺は貴女に助けられたことがあるんです」

「……ごめんなさい。覚えていなくて」

正直、学園での出来事は授業以外覚えていない。

公子様は、最年少で騎士団の団長に就任された方だ。幼い頃から神童と言われ、剣《けん》の才能に溢れていたと聞いている。そんな彼を私が助けることなんてあるだろうか。

「当時、好きだった剣術《けんじゅつ》が嫌になっていたんです。今まで負けることのなかった相手に負けたり、簡単に勝てていた相手に手こずったり。恥ずかしながら天狗《てんぐ》になっていたんです。だから負けるのが悔《くや》しくて、恥ずかしくて、……やめようかと思ったことも何度もありました」

『完璧』と言われるラウル様にそんな時期があったなんて思いもしなかった。

兄の話では容姿端麗《たんれい》、頭脳明晰《めいせき》、剣の道を極め、公爵家という身分でありながらも驕《おご》り高ぶることのない人格者と絶賛している。

『天は二物を与えず』どころか、三つも四つも与えられた人だと思っていた。

そんな人が、「天狗になっていた」「負けるのが恥ずかしい」だなんて、……普通《ふつう》の人と変わらない。

「騎士科に、卒業試合というのがあるのはご存じですか？　アカデミーでの集大成を披露する場です」

「すいません。存じません」

「結構他学部にも人気のイベントなんですけどね。貴女はきっとご存じないと思っていました」

ふふ、と笑う公子様は決してこちらを馬鹿にしているふうでもなく、楽しそうだ。

「悶々《もんもん》とする中、卒業試合を目前にした稽古《けいこ》中に怪我をして……右手を骨折してしまったんです」

「試合に……出られなかったのですか？」

「出られましたよ。貴女に魔道具を貸していただいたので」

「……？」

「何でも、作りたかったものとは違って、骨折が早く治る道具になってしまったとか」

「……作ったような」

気がする。

「あの時、俺は本当は卒業試合に出なくて済んだと、どこか安心していました。幼い頃から『完璧』と言われ、負けることのなかった俺は、試合から……勝負から逃げ出したかったんです」

ガタゴトと揺れる馬車の窓から景色を見る公子様は、どこか遠くを見ているようだ。

「一人で勝手に『負けてはいけない』というプレッシャーを、背負っていたんです。……誰も何も言っていないのにおかしな話ですよね。そんな時、貴女に会って、背中を押してもらった。惹かれるには十分だと思いませんか？」

「……それだけですか？」

「それだけです」

正直私は、どんな会話をしたかも覚えていない。

記憶を辿《たど》ってみるも、何の糸口も見つからなかった。

「思い出せないでしょう？」

クスリと笑った公子様は、不満そうでも、悲しそうでもない。

むしろ、キラキラと輝く紫水晶の瞳を優しく細めて嬉しそうに笑っている。

「あの時にもらった貴女の言葉は、……きっと貴女にとって当たり前のことすぎて記憶にないんだと思います」

「……。試合は、どうでしたか？」

「決勝で負けました。でも、学んだことはとても多かったです。ちなみに相手は今王国騎士団の副団長を務めています。今ではもう負けませんけどね」

公子様が『負ける』ということが信じられず、けれど、それを笑って満足げに語る姿に何も言えなかった。

「あの時、……貴女がいなかったら今の俺はここにいません。剣も握っていません。今俺が持っているものは、貴女がくれたものですよ」

その微笑みが、あまりにも優しくて、柔らかくて、私はしばらく言葉を失った。

「あの魔道具もすぐには使わなかったんです。言葉では何とでも言えると。その後、貴女が騎士学部の裏にある薬草園を訪《おとず》れているのを見かけたんです」

「え……」

「キラキラとした表情で、『ハスポポ』という花に夢中になって薬草園の管理人夫婦と楽しそうに笑っていらっしゃいました。眼鏡を外して。顔を真っ赤にして興奮していらっしゃいました」

思い出し笑いを堪えるように、口元に手を当てて肩を振るわす公子様に固まってしまう。

ブランカにも言われる、「夢中になると人格が変わる」が前面に出ていたことだろう。

希少なハスポポを初めて見た時の感動は、今もこの胸にあるのだから。

「そんな貴女が眩しく見えたんです。……腐《くさ》っている場合じゃないと」

彼は自分の腰にある剣に触《ふ》れた。

「貴女が、諦めない力をくれたんです。おかげで、好きだったものから逃げずに、……諦めずに頑張ることができました」

その言葉に、体を熱い何かが駆《か》け巡《めぐ》る。

どんなに嫌な思いをしても、好きなものを諦められなかった。

あの事件の時、魔道具なんて学ぼうとするんじゃなかったと、逃げ出したいと、何度も思ったけれど、嫌いになることなんてできなかった。

ラウル様の言葉に、鼻の奥がツンとして、涙《なみだ》が滲《にじ》み、なんとか溢れないように我慢《がまん》する。

「貴女が、アカデミーを去った時、色々な噂がありましたが、俺は信じられなかったです。……あんなに魔道具が好きな貴女が、盗作《とうさく》なんてするはずがないと。……それに失礼ですが、色仕掛《いろじか》けが得意なようにも見えませんでしたから」

揶揄《からか》うように微笑んだのは場を和《なご》ませようというラウル様の気遣《きづか》いだろうか。

その優しさに、「本当に失礼ですね」と笑顔で言いながらも、ひとつ、涙がこぼれた。

ガタンと馬車が止まり、窓の外を見ると、大きな会場が目の前にあった。

「到着《とうちゃく》したようですね。もう少ししてから会場に向かいますか？」

泣いているのを気にしてくれたのだろう。

ラウル様の言葉をありがたいと思いながらも、首を横に振る。

「いいえ。一秒でも長く魔道具を楽しみたいので、行きましょう」

そう答えると、「貴女のその笑顔が……、ずっと見たかったんですよ」と私の心臓を止める気かと思うほどの蕩ける笑顔を見せた。

六章　ラウル＝クレイトン

泣きながら微笑《ほほえ》む彼女の瞳《ひとみ》に、アカデミーで一度も映ることのなかった……ラウル＝クレイトンとしての自分が映っていることを嬉《うれ》しく思う。

俯《うつむ》きがちな彼女と絡《から》むことのなかった視線がこの数日ぶつかる度《たび》に胸が締《し》め付《つ》けられるようで、もう一度チャンスをくれた神に感謝した。


——四年前のあのやり取りを忘れたことはない。

当時、俺は十三歳から入学できる四年制のアカデミーで騎士《きし》学部に通っていた。

貴族、平民という枠《わく》にとらわれずに通うことのできるアカデミーは、優秀《ゆうしゅう》な人材を何百人も輩出《はいしゅつ》している。

特に騎士学部では、将来騎士団に入団した際に必要となる人間関係の礎《いしずえ》を作ることを目的とし、ここで現在副団長を務めているライガーと知り合った。彼は平民出身で、入学当時からお互《たが》いを鼓舞《こぶ》し、信頼《しんらい》関係を築いてきた。

その最終学年に進学した春、アカデミーの食堂で、目の前を横切った黒髪《くろかみ》の小柄《こがら》な少女の腕《うで》に抱《かか》えられた本の間から、はらりと一枚の紙が落ちた。

「落ちたよ」

「え!?」

その少女はこちらを振《ふ》り向《む》くと当時に、ギョッとしたような顔をし、眉《まゆ》を顰《ひそ》めた。

太い黒縁《くろぶち》で分厚い瓶底《びんぞこ》の眼鏡。長めの前髪《まえがみ》で目元まで隠《かく》れているが、訝《いぶか》しげな視線は隠しきれない。

目が悪い上に見えにくいのなら前髪を切れば良いのに、と思ったことを覚えている。

このアカデミーでは学部と学年毎《ごと》にバッヂの色が異なり、彼女の胸元《むなもと》にある緑色のバッヂと模様から魔道具《まどうぐ》学部の一年生と分かった。

「これ、君の本の間から落ちたと思うんだけど」

そう言って差し出した紙を、彼女は目も合わせず「ありがとうございます」と受け取って去っていった。

「なあに、あの子。ひょっとして魔道具学部の平民の子じゃないかしら？　優秀だとは聞いたけど、失礼な子ね」

「ラウル様ってば、平民にまで優《やさ》しくされるなんて。本当に素晴《すば》らしい方ですわね」

「それなのに彼女ってば、ラウル様にお声掛《こえが》けいただいたというのに逃《に》げるように去っていくなんて。無礼だわ」

側《そば》にいた令嬢《れいじょう》たちが、そんな話をしていたが、特に反応はしなかった。

そもそも目の前で落ちたものを拾いもせず声をかけないという方が人間性を疑われるし、それを優しいと評価すること自体がおかしい。

けれど、女性にあんな態度を取られたのは初めてで、それ以降食堂や廊下《ろうか》で見かける度、視線が自然と彼女に向いていた。

それは決して恋《こい》とか、それに近い感情があったという訳ではなく、いつも一人で俯いて食堂の隅《すみ》で食事をしていたり、誰《だれ》も行かない様な中庭の茂《しげ》みの奥にあるベンチや、図書室の一番奥の一番端《はし》の静かな席で、常に山のような本に囲まれていたりしたことが気になったからだ。

――変わった子だな。

ただそれだけだった。

あの学部は九割が男性で、女子生徒が少ない上にほとんどが貴族だ。

いつも一人でいるのは、優秀といえど平民の彼女には過ごしにくい環境《かんきょう》だからなのかもしれない。

その程度の認識《にんしき》だった。

それからまた数ヶ月が過ぎた夏の季節、授業の合間に、誰も寄りつかない薬草園の近くの木陰《こかげ》で休憩《きゅうけい》を取っていた。

あと半年ほどで卒業だからか、令嬢方の圧も激しく、やれ我が家《や》に遊びに来てくれ、タウンハウスやお茶会に招待したいと、声をかけられることが引っ切りなしで、正直訓練の邪魔《じゃま》だと思うことも多かった。

同い年の王太子の婚約者《こんやく》はもう決まっているので、次にロックオンされているのは公《こう》爵《しゃく》家の嫡男《ちゃくなん》である自分だと分かっている。

自分もここで未来の公爵夫人候補《こうしゃくふじん》が見つけられたら良《い》いぐらいの気持ちでいたので、他人のことは言えないが、対応に疲《つか》れているのは事実だ。

家柄《いえがら》が良いだけの、いつ王家の足を引っ張るとも知れない女性を公爵家に迎《むか》え入《い》れる訳にはいかないと、王国の盾《たて》となるに相応《ふさわ》しい自尊心、自立心を持つ人を求めていた。

そのため、付《つ》き纏《まと》う女性に少しうんざりしながらも、当《あ》たり障《さわ》りない対応を取るしかなかった。

更《さら》に、当時、剣《けん》の腕が伸《の》び悩《なや》んでいた時期も重なり、自分のことで手一杯《ていっぱい》で、輪をかけて令嬢方の相手をすることを煩《わずら》わしく思うようになる。

あの日も、思ったように対人訓練ができなかったことで気持ちが沈《しず》んでいたところに、身が入っていなかったのだろう、全治半年の右腕《みぎうで》骨折という思わぬ怪我《けが》をした。

「卒業試合に出なくて済んだな……」

そんなことを思いながら、木陰でぼーっとしていたところに、木の反対側に例の黒縁眼鏡の彼女がやってきた。

前が見えないほどに本を抱えているからか、全くこっちに気づかない。

パラパラと本を捲《めく》る音が心地《ここち》よく、しばらく様子を見ていると、「うわっ！」と言う声と共に、こちらに本が数冊雪崩《なだ》れ込んできた。

あまりに咄嗟《とっさ》のことで避《よ》けきれず、怪我した右腕に本が当たる。

「……つっ！」

「え⁉」

誰もいないと思っていたところに人の声が聞こえ、驚《おどろ》いたのだろう、彼女と至近距離《しきんきょり》で目が合った。スモーキークォーツのような澄《す》んだ焦茶《こげちゃ》色の瞳が見開かれる。

「え⁉　え⁉　ごめんなさい！　ひょ……ひょっとして怪我の部分に本が当たっちゃいました？　申し訳ありません、人がいるなんて気づかなくて。大丈夫《だいじょうぶ》ですか？　痛みますか？」

この世の終わりかのような顔をして、今にも泣きそうな彼女に思わず笑ってしまう。

「大丈夫だよ。こちらこそ、驚かせてすまなかったね。……君は魔道具科の一年生だろう？　入学早々いろんな魔道具を作っているって、聞いてるよ」

「あ、そうです。でも別にすごくはないかと……」

彼女が本を拾うのを手伝っていると、たくさんのメモ書きが本に挟《はさ》まれていることに気づいた。

その内容は、俺には理解できない魔法陣《まほうじん》と、素材なのか道具なのか聞いたこともない言葉が羅列《られつ》されていた。

「天才かい？」

「凡人《ぼんじん》です」

今思えば、腐《くさ》っていたんだろう。

思い返しても恥《は》ずかしいが、彼女に皮肉の一つも言いたくなってしまった。

結果を残せなかった自分と、結果を出している彼女。

四年経《た》った今も、羞恥心《しゅうちしん》と共に心に刺《さ》さっている。

「謙遜《けんそん》だな。きっと君は失敗なんかしないんだろうな。俺は上手《うま》くいかないことばかりで……何のためにここにいるんだか」

誰にも愚痴《ぐち》を言ったことなどなかったのに、初めて会ったと言ってもいいくらいの彼女にこんなことを言うなんて本当にどうかしている。

「全部上手くいかないとダメなんですか？」

「え？」

「失敗したらダメなんですか？」

眼鏡越《ご》しに言われた言葉に怯《ひる》んだ。

「失敗をしないのは、楽かもしれませんけど、そこから学ぶことって何もないですよね」

「……それは……」

「私は、天才じゃないですが、自分に伸び代しかないと思っています。本を読んで、試《ため》して、失敗して、また試して……の方法しか知りません。けれど、失敗から学ぶことがどれだけ多いか知っているつもりです」

ふと、彼女の目が、俺の右腕の包帯に留まった。

「……怪我で上手くいかないんですか？　そのバッヂ、騎士学部ですよね」

「え……？　あぁ。稽古《けいこ》中に骨折してしまって。半年後に試合があるんだけど、これでは出られないからね」

「……出たいですか？」

その言葉に思わずたじろいだ。

怪我を原因にしてしまえば、出場しなくて済むと。

試合に出なければ、『負けることはない』……と。

「……」

「……これ。良かったら使ってください」

「え？」

渡《わた》されたのは、一見手鏡のような魔道具。

「医療《いりょう》用の魔道具の開発中に、『失敗』して出来た偶然《ぐうぜん》の産物です。本当は、傷口の治癒《ちゆ》を早くする魔道具を作ろうと思っていたのですが、骨折が早く治るものが出来たんです。効果が心配なら医薬局で確認《かくにん》してから使用してください。患部《かんぶ》に当てた状態で、魔力《まりょく》を通すとここの魔精石《ませいせき》が光ります。光が消えたら治療《ちりょう》は終了《しゅうりょう》です。一回しか使用できないので、用法は守ってくださいね」

そう言って、彼女は本を持って立ち上がった。

「通常より十数倍は早く良くなると思うので、全治三ヶ月ぐらいの骨折なら一週間ぐらいで治りますよ」

「そんな貴重なものを……」

「私には、『今』必要ありませんから。だって……貴方《あなた》……とても辛《つら》そうだもの」

彼女の眼鏡に映った悲痛そうな自分の姿に言葉を失った。

剣術《けんじゅつ》が好きだ。逃げたくなんてない。四年間、頑張《がんば》ったことの結果を出したい。

それが、惨《みじ》めに終わったとしても……。

「もし、良い結果が出ないと思った時は……どうしたらいいかな……」

「はい？」

「……」

「最後まで足掻《あが》くしかないんじゃないですか？　私はそれしか知りません。今回ダメでも、次は成功するかもしれないじゃないですか。良い結果が出た時は嬉しいですよ。途中でやめたら負けたままじゃないですか」

彼女の言葉にハッとする。

「できない人間は、努力する。工夫《くふう》をする。考える。でも、初めからできてしまう人間は努力や考えることをしません。だって本能的に、考えなくてもできてしまうから」

あまりに図星を突いた言葉に、唇《くちびる》を噛《か》みしめた。

彼女の言う通り、感覚で剣を振るうことを覚えて、深く考えることをしなかった。

「……何でもできてしまう人の方が、結果としては辛いのかもしれませんね。まぁ、お互い頑張りましょう」

小さく呟《つぶや》いて彼女は去っていった。

その翌日、悶々《もんもん》とした気持ちで彼女と会った場所に行き、ぼんやりとしていた。

彼女にもらった魔道具を使ってまで治すことに踏《ふ》み切《き》れずにいたのだ。

「ほぉぉぉおおおおお！」

その時、突然《とつぜん》聞こえた震《ふる》えるような雄叫《おたけ》びに、何事かと覗《のぞ》き込むと、例の黒縁眼鏡の彼女が小さな花を空に掲《かか》げ、顔を真っ赤にして、恐《おそ》らく歓喜《かんき》に打ち震えていた。

その横には、薬草園を管理する老夫婦《ろうふうふ》がおり、二人とも楽しそうに彼女を見ている。

「こここここ、これは、ハスポポの花……。本物のハスポポを初めて見ました。あ、あれも！　それも！　あの木も！　こんなに希少な植物に出会えるなんて……」

「ははは、ティアちゃんはいつ来ても新鮮《しんせん》な反応をするねぇ。あたしも植物の世話のしがいがあるよ」

「だって！　だって！　メグさん！　どれも栽培《さいばい》の難しい植物ばかりじゃないですか！　どれだけ丹精《たんせい》込めて育ててくださったか！　ありがとうございます。ありがとうございます」

『ティア』と呼ばれた彼女は、かけていた眼鏡を外して、まじまじと手に持ったハスポポの花とやらをくまなく観察していた。

花を見つめるキラキラとした表情に、眼鏡を取った素顔《すがお》の方が可愛《かわい》いのにと口元が綻《ほころ》ぶ。

「このふわふわした綿毛のような花！　この花弁があれば浮遊《ふゆう》系の魔道具が作れます！　あぁ！　ハスポポ可愛すぎる！　使うのがもったいないわ!!」

「そんなに可愛いかのう？」

「トムさん！　これが可愛くないとかあります!?　一日中眺《なが》めても飽《あ》きませんよ！」

彼女のハイテンションぶりに思わずぶっと吹《ふ》き出《だ》して、腹を抱えて笑ってしまった。

きっと俺しか知らない、楽しそうに老夫婦と会話する少女の『素』の姿を見た気がして、鬱々《うつうつ》としていた気分もいつの間にか嬉しい気持ちに変わっていた。

「本当に魔道具が好きなんだな……」

でなければ、あんなにキラキラした目で小さな花を見つめたりしないだろう。

ふと、自分もあんなふうに訓練を楽しんでいた時期があったな……と、思い出した。

その後も、休憩時間にそこに行っては、盗《ぬす》み聞きは悪いと思いながらも、ここまで大きな声で話しているんだから盗み聞きではないだろう……と正当化しつつ、薬草園の老夫婦と彼女が、薬草についてや魔道具の試作品の話で盛り上がる様をこっそりと楽しんでいた。

そして、食堂や図書館、裏庭でも、常に山と積まれた本に囲まれて熱心に読書する彼女を見る度に、……ただ一心に頑張る姿を見て、自分も頑張らなければ、腐っている場合ではない。

と、彼女にもらった魔道具を使い、怪我を治した後は、訓練にも力が入った。

基礎《きそ》から学び直し、考え、工夫し、できることばかりを伸ばすのをやめ、技《わざ》の引き出しを増やすために一人遅《おそ》くまで訓練に没頭《ぼっとう》した。

「……楽しいな」

誰もいない訓練場で、一人で呟《つぶや》いた言葉は、星の光り始めた空に溶《と》けていった。

アカデミーで彼女とすれ違《ちが》う度に、こちらに気づきもしない彼女はいつ気づいてくれるのだろうかと、声をかけることもせず笑っていた。

そんな傲慢《ごうまん》さにも気づかず。

それから数ヶ月が過ぎた頃、食堂で彼女を見かけて思わず足が止まった。

笑顔《えがお》で、男子生徒と会話をしていたことに驚いたのだ。

隣《となり》に女生徒もいたけれど、そんなことはどうでも良かった。

その笑顔は、雛《ひな》が親鳥を見つけたかのような信頼しきった顔。

薬草園の老夫婦以外に心を開かないと思っていた彼女が同世代の男子にこんなふうに笑うのかと驚くと同時に、あの時、そっけない態度を取られたことにもどこかショックを受けている自分がいた。

その後もその男子生徒は、……サダ伯爵《はくしゃく》のところの嫡男だったと思うが、彼女と女生徒と三人で楽しそうに会話しているところを見かけた。

たまたま会話が耳に入った時、「あの僕のレポートだけど、君が魔法陣の改良点と、改善法を教えてくれたおかげで、教授に『S』評価をもらうことができたよ」と言っていた。

なんとも色気のない会話だな、とどこか安堵《あんど》しながらも、その後の会話にも自然と耳が引き寄せられる。

「力になれて良かった」と話す彼女の明るい声と笑顔は、自分だけが知っているものだと思っていたのに……そんな昏《くら》い気持ちが、ドロドロと胸《むね》の奥で渦巻《うずま》いていた。

そんな感情を抱えながら過ごしていた日に、彼女を見かけなくなったのは卒業も間近の冬の頃《ころ》だった。

何度薬草園に足を運んでも彼女の姿はなく、食堂でも図書館でも見かけることがなくなり、どうしたのかと不思議に思っていた時、魔道具学部に通う平民の女生徒が盗作騒《とうさくさわ》ぎを起こして退学したという話を耳にした。

まさかと思い、いつも一緒《いっしょ》にいた女生徒とサダ伯爵令息に聞いてみたら、「彼女は退学しましたよ。僕の研究内容を掠《かす》め取《と》ろうとしたり、彼女の成績を上げるのにどうも教師に色目を使っていたようで。これだから平民の女性は困ったものですね。実は、……教師だけじゃなく、僕にまで色目を使っていたのですから」

その彼の言葉に呆然《ぼうぜん》とする。

彼女はそんなことをするような女性には見えなかったし、何かの間違《まちが》いではと思ったが、調べる術はなく、教師も個人情報は教えられないと口を噤《つぐ》んだので、『平民』でどこの出身かも分からない『ティア』を探すのは不可能に近かった。

――あの、俺に向けられることのなかった彼女の笑顔だけが、いつまで経っても頭から離《はな》れなかった。

助けてもらったのに、何も返せないまま、彼女は忽然《こつぜん》と消えた。

彼女に恋をしていたんだと気づいた時には、後の祭りだった。

それから三年経った今、彼女に再会できるなんて思っておらず、今度こそは、『始めから、自分の想《おも》いを違えることなく伝えよう』と決めるのに時間は掛からなかった。

七章　魔道具発表会

「で、今日は何を披露《ひろう》されるのですか？」

「アカデミー時代に研究していたものを完成させてきました」

馬車を降り、会場に向かう通路で私の荷物を持ってくれた公子様が尋ねる。

ブランカは少し離《はな》れたところからついてきていた。

最終選考では、一人補助役をつけることが可能だそうで、ブランカについてもらうつもりだったのだが、公子様がぜひつかせてくれというので、お願いした。

荷物持ちぐらいで大して手伝ってもらうことがないのだけれど、道具の説明はしておいた方がいいだろう。

そう思い、箱から鳥籠《とりかご》を取り出すと、公子様は驚《おどろ》いたように目を見張った。

「隼《はやぶさ》？」

「ええ、隼型の情報収集魔道具です」

「どうやって……。まさか飛ぶのですか？」

「ええ、アカデミーでは映像を取り込むことはできたのですが、飛行距離《きょり》を伸《の》ばせず、音声を聞くこともできなかったんです。三年間、諦《あきら》めず研究して良かったです。しかもこれはですね……。っとごめんなさい。また先日のように話し始めるところでした」

「構いませんよ。むしろ聞きたいぐらいだ」

興味深そうに隼を覗《のぞ》き込む公子様はツンツンと羽の部分に触《ふ》れたりして、とても楽しそうだ。

「……つまらなくありませんか?」

「カーティス領での俺はつまらなそうに見えました?」

「……」

見えなかった。

楽しそうに頷《うなず》いて、質問してくれるものだから、興味を持ってくれるものだから……。

他人といるのが苦手なはずなのに、あの時間を私は楽しんでいた。

「貴女《あなた》がキラキラした目で話すものだから、ずっと見ていたくて。貴女の声が弾《はず》んでいるからずっと聞いていたくて。何より貴女が何が好きで何を考えているのかを知れるのだから……、退屈《たいくつ》なんて露《つゆ》ほども感じませんでしたよ」

その言葉に、私の顔に熱が集中するのが分かる。

「俺たち、結構合うと思いませんか?」

こちらを覗き込むようにクスリと微笑《ほほえ》む彼の顔に、「ど、……どうでしょう……」と、俯《うつむ》きながら答えるのに精一杯《せいいっぱい》で、詳《くわ》しく説明することを忘れていた。

会場となった劇場に足を踏《ふ》み入《い》れると、公子様はすぐさま国王陛下に呼ばれ、「すぐ戻《もど》ります」と、足早に消えていった。

こんな大きな舞台《ぶたい》で私の魔道具《まどうぐ》を披露するのかと思うと、緊張で心臓が暴れ始める。

この最終選考は、一次選考を通った四名だけが実演をし、優勝者を決めるが、書類選考で落とされた人たちも、希望者には展示スペースが用意されており、たくさんの魔道具が展示されていた。まるで魔道具の公園のようで、出番が終わったらゆっくり見て回ろうと先を急ぐ。

展示場の奥にある出場者控《ひか》え室《しつ》に向かって歩いていると、ポンと肩を叩《たた》かれた。

「ティア？」

「ミリア」

振《ふ》り向《む》くと、そこにはアカデミーのバッヂをつけた白衣のミリアが立っていた。

手紙でのやり取りはしているけれど、顔を合わすのは久しぶりで、魔道具関連なら来るかなと思って期待していた。

「ティアだって？」

その時、一番会いたくなかった声が聞こえた。声の主を辿るとダレスが立っており、胸元のバッチを見る限り卒業後、研究員になったようだ。

「お前がここにいるとはね。あれから三年間、僕の誘《さそ》いも無視して、魔道具界からパタリと姿を消していたのに」

そう言いながら、ダレスが私の腕《うで》を摑《つか》み、上から見下ろしてきた。

確かに、ミリアの手紙にはダレスが例の一件の謝罪と、せめて仕事の紹介《しょうかい》をしたいと言っていると書いてあった。

当然そんな気分にはなれなかったし、目の前の彼はどう考えても謝罪などする気は微塵《みじん》もなさそうに見える。

「は、離し……」

「魔道具が忘れられなかったんだろう？　うちの魔道具工房《こうぼう》で雇《やと》ってやってもいいんだぞ？」

「ちょっと、ダレス……」

ミリアが止めに入ってくれるが、「お前は黙《だま》っていろ」とダレスは彼女に凄《すご》んだ。

その、語気を強めて凄む姿には、出会った当初の優《やさ》しそうな人という印象は最早《もはや》ない。

線の細い体だが、必死に振り解《ほど》こうとしたところでびくともしなかった。

「その娘《むすめ》は誰《だれ》だ、ダレス」

ダレスの後ろにいた男性が、さして興味もなさそうに声をかけてきた。

「父上、彼女はアカデミーで一緒《いっしょ》だったティアという者です。以前お話ししたことがあるかと思いますが、例の平民で、中々優秀《ゆうしゅう》なのでサダ家の工房に入れてやろうかと声をかけているんです」

「ほう……」

ダレスが父上と呼んだシルバーヘアのその人は、値踏《ねぶ》みするような不快な視線でコチラを見る。

「で、ティア。なんでお前がこの発表会にいるんだ？　まさか出場者じゃないよな。無名が残れるようなものでもないし、見学者は貴族だけのはずだが……本当にどこかのお偉《えら》いさんに迫《せま》って愛人にでもなったか？」

侮辱《ぶじょく》の言葉を耳元で囁《ささや》かれ、ざわりと全身に鳥肌《とりはだ》が立った。

「……っ。あの噂《うわさ》は貴方《あなた》が……」

教師に迫って単位を取ろうとしたなどという噂が流れたことを思い出す。

「……誰かの愛人になんてならずに、僕の言葉に従ってサダ家の運営する魔道具開発機関か工房に就職すれば良かったものを。あんなに好きだったろう？　魔道具」

不愉快《ふゆかい》な笑《え》みを浮《う》かべて、壁際《かべぎわ》に押しつけられた恐怖《きょうふ》で言葉が出なかった。

「は……離し、て……」

「今からでも遅《おそ》くない。何度でも言うが、『あんなこと』をしでかしたお前を雇ってくれる魔道具店や工房なんてどこにもない。運良く勤められても、すぐに僕がお前のことを雇い主にバラしてやるよ」

ねっとりと体にまとわりつくような声と、視線が気持ち悪くて仕方がない。吐《は》き気《け》すら催《もよお》してくるほどに。どうして放っておいてくれないのか。

「あんなの濡《ぬ》れ衣《ぎぬ》だわ……！　貴方が私の試作品を盗《とう》……うっ！」

ぎゅっと腕に力を込められて、顔を顰《しか》める。

「ねぇ、ダレスこんなところで……」

心配そうにこちらを見るミリアが、なんとかダレスを止めようと割って入る。

「黙れよ、ミリア。ティアもバカだな、本当に何度言わせるんだよ。学習しないな。お前は平民。僕はサダ伯爵《はくしゃく》家の嫡男《ちゃくなん》。誰が聞いたって僕の話を信じるに決まっているだろう？」

「私は……！」

「うわ！」

その時、ダレスの手が離れ、彼が後方に吹《ふ》き飛《と》んでいった。

「貴様……何をしている」

「ク……クレイトン公子様？」

「公子様……」

無様に床《ゆか》に投げ出されながら、ダレスが困惑《こんわく》の表情で驚いた。

ミリアもサダ伯爵も目を見開いている。

「大丈夫《だいじょうぶ》ですか？　すみません、戻るのが遅くなって」

「いえ……。ありがとうございます」

答えた私の腕に彼の視線が移ったかと思うと、公子様の目にサァッと怒《いか》りの色が宿った。

赤くなった腕を慌《あわ》てて隠《かく》すも、ギリッと彼が歯軋《はぎし》りをする。

「なぜ……俺のパートナーの腕が赤く腫《は》れ上《あ》がっているのか、説明してもらおう。サダ伯爵、子息」

その、腹の底から震《ふる》えるような声に、私も思わずビクリとする。

二人は目を見開いてこちらを見つめていた。

「クレイトン……公子様のパートナー……？」

「嘘《うそ》だろ……」

目を見開いて呟《つぶや》いたダレスははっと乾《かわ》いた笑いをこぼした。

何事かと人が集まり始める。

「ははは！　上手《うま》くやったもんだな、ティア。クレイトン公子の愛人に収まるだなんて！　さすがだよ。公子様、良《い》いですか。その女はアカデミー時代、僕の魔道具の研究内容を盗《ぬす》み、アカデミーを追い出された女です。そんな女を側《そば》に置いたら笑われるのは貴方ですよ！」

ダレスの言葉にザワリと周囲の空気が変わる。

彼の言う通りだ。真実がどうであれ、それが元でアカデミーを逃《に》げ出《だ》した私が公子様の側にいては評判を下げるだけだ。

「黙れ」

重く、怒気《どき》を孕《はら》んだラウル様の声が、周囲のざわめきすら止める。

ダレスの胸倉を掴み、真正面から彼を睨《にら》みつけた。

水を打ったように静まり返った廊下《ろうか》にひんやりとした緊張《きんちょう》感が走る。

「彼女はそんなことをする人じゃない。できるような人間でもない。それはお前が一番よく分かっているんじゃないか？」

「クレイトン公子様、何をなさいますか！　息子《むすこ》を離してください！　クレイトン公爵《こうしゃく》家に苦情を申し立てますよ！　平民ごときに……」

叫《さけ》んだサダ伯爵をラウル様が睨みつけると、伯爵は小さく息を呑《の》んだ。

「貴方は部外者だ。黙っておいていただこう」

ミリアも今にも倒《たお》れるんじゃないかというくらい真っ青な顔をして立《た》ち尽《つ》くしている。

「……彼女は！　平民ですよ！　僕は伯爵家の長男で……！　そんな女を庇《かば》うなど、サダ伯爵家に対する侮辱だ！」

「貴様こそ、カーティス家に対する侮辱だ」

「……は？」

きょとんとしたダレスの視線が、ラウル様の後ろにいる私の顔に注がれる。

さっと血の気が引いて、彼の体がフルフルと震えはじめた。

「まさか……ティアが、カーティス家の……人間？」

「そうだ。パレンティア＝カーティス伯爵令嬢《はくしゃくれいじょう》。それがお前が陥《おとし》いれた人の名前だ。お互《たが》い魔道具の開発で有名な家だ。それなりの取引があるんじゃないか？　そして彼女は最終選考出場者で、そのサポート役は俺が務める」

「……！」

「ダレス……、お前……！　バカな！」

親子で顔を青くしたり、怒りで赤くしたりしながらもダレスが公子様の手を払《はら》いのけて立ち上がる。

「カ……カカ……カーティス家だからなんだと言うんです……。彼女は身の潔白の証明もせずに去っていった。肯定《こうてい》と捉《とら》えるべきでしょう！　そもそもパレンティア＝カーティスはあの悪評高い令嬢ではないですか！　盗作などいかにもしそうなことだ！」

「『サダ家の子息は温厚で優秀』だと聞いていたが、噂など当てにならないと、俺は今痛感しているよ」

「なっ！　……バ、バカにして……」

鼻で笑った公子様の言葉に顔を真っ赤にし、何とか形勢を立て直そうと声を震わすダレスの姿は、何と惨めなことか……。

「公子様！　この件に関しては……」

「何の騒《さわ》ぎですか、もう発表会が始まりますよ。各自準備をしてください！　陛下もいらっしゃっているんです！」

突然《とつぜん》廊下に響《ひび》いた声の先に視線をやると、会場のスタッフが真っ青な顔をして出場者たちに席につくように促《うなが》し、私たちも気まずい雰囲気《ふんいき》を残したまま各々《おのおの》が準備を始めた。

国王陛下の挨拶《あいさつ》から始まり、最終選考に残った四人が自作の魔道具をプレゼンテーションしていく。

順番はくじ引きで決められ、私はダレスの前の三番目だった。

一人目は研究所に勤務するジャンという平民の開発者で、考案したのは水回りを綺麗《きれい》に掃除《そうじ》してくれる魔道具だった。

何でも十五人という大家族で、奥様にキッチンやお風呂《ふろ》掃除などしたくない、冬場の皿洗いなど地獄《じごく》だと泣かれたそうだ。

魔道具の研究所に勤務しているということは比較的《ひかくてき》良い暮らしをしているのだろうが、

家に使用人などはいないそうだ。

開発中に奥様にああして欲しい、こうして欲しいと注文をつけられ大変だった、と言いながらも得意げに魔道具を紹介する姿は微笑ましかった。

魔法陣《まほうじん》の仕組みや魔精石《ませいせき》など興味深く、近くで見たいという欲求を我慢《がまん》するのが大変だった。

もし、今後あれが発売されたらぜひとも購入《こうにゅう》して、お屋敷《やしき》で働く人たちの仕事を軽くしてあげようと心に決める。

二人目は水中を散歩できる魔道具。

南の海域は海が透《す》き通《とお》るほど綺麗で、そこに生息している魚も華《はな》やかな色のものが多い。

そんな海辺に住む開発者が、この綺麗な世界をいろんな人に知ってもらいたい……というのは建前で、自分が海の中に住みたいと思うくらい大好きだから製作したそうだ。

そして三人目。私の発表の番となった。

「は、初めまして。パレンティア＝カーティスです。今日は、この場で発表できて……とても嬉《うれ》しいです」

静まり返った会場に、ごくりと自分の喉《のど》がなる音すら響いてしまいそうだ。

緊張しながら観客に向けて挨拶をすると、横に立っていた公子様が小さく『大丈夫ですよ』と声をかけてくれた。

ちらりと見上げると、私を安心させるようににこりと微笑まれて、少し緊張が解けていった。

せっかくもらった機会だ。今が頑張《がんば》りどころだと自分を叱咤《しった》する。

小さく頷くと、公子様が台の上の魔道具に被《かぶ》せていた布をはらりと取った。

大きめの鳥籠の中には隼を模した魔道具が鎮座《ちんざ》している。

「ええと。これが、今回発表する……情報収集魔道具です。この隼型の魔道具は空を飛んで遠方の情報を収集します。以前、豪雨《ごうう》がカーティス領を襲《おそ》った時に、被害《ひがい》の状況《じょうきょう》を確《かく》認《にん》できず、多くの命が失われました。それがこの魔道具を作ろうと思ったきっかけです。この魔道具は……」

「また盗作《とうさく》か！　ティア！」

突然後ろから投げつけられたダレスの声に驚いて体を竦《すく》めると同時に、会場が大きくざわついた。

振り向くと、我こそ正義だと言わんばかりのダレスが、こちらに詰《つ》め寄《よ》ってくる。

「な……何……」

「ティア！　君にはがっかりだよ。それは僕が去年アカデミーのゼミで発表したものだ！　今更そんなものを出したところで、何の価値もないぞ。見た目も、性能も同じ。アカデミーにその記録は残っている。ですよね、理事長」

ダレスは、審査員席に座っていた理事長のネームタグを置いた初老の男性に声をかけた。

「……そうじゃな。確かに君は鳥型の情報収集機を発表していたな。画期的なものでよく覚えておる」

「ほら、また盗作だ」

この隼型情報収集機は、あの時、彼が私に盗まれたと言った魔道具とは違《ちが》うものだ。

これは、私がアカデミー時代から温めていたもので、見た目も性能も同じだなんてことはあり得ない。

信じられない思いで彼を見ると、ふっと得意げにダレスの口元が歪《ゆが》んだ。

『ひとつ』ではない。彼が私から掠《かす》め取《と》ったものは……。

屈辱《くつじょく》に体が震える。

「陛下もご存知でしょう? パレンティア＝カーティス令嬢の数々の悪評を。彼女はアカデミー時代、僕の作品を盗……」

「ダレス君。噂など当てにならないということは、『国王』であるワシが一番知っておるよ。で、君の言い分はどうだね?」

突如《とつじょ》陛下が審査員席から私に話しかけてきた。

こちらを見つめる面白《おもしろ》そうな瞳《ひとみ》がさすが親子と思うほど王太子殿下《でんか》とそっくりだ。

――もう、……本当に面倒《めんどう》ごとはうんざりだ。やっぱりずっと、屋敷に籠《こも》って魔道具製作だけに専念していれば良かった。また、家族に迷惑《めいわく》をかけてしまう。

「……特に……、ありません」

自分でも分かるほど震える声に、情けなくなってしまった。

だって、証拠《しょうこ》もない。

あの時も、ダレスに取られたのを証明することもできなければ、当時の教師がなぜそんなことを言い出したのかも理解できなかった。

「ダレス君。君は『また』と言ったが、取られたという魔道具とは何だね？」

「理事長？」

ダレスが驚いたように陛下の横にいた質問の主を見る。

「で、何だね？」

「そ、それはもちろん、今日の発表会でご覧いただく『飛行車』ですよ。開発に三年もかかりましたがね」

その言葉にハッと顔を上げた。

「あれを完成させたの？」

小さくこぼしてしまったその問いに、先ほどと異なりダレスは気まずそうに視線を逸《そ》らす。

――完成してないんじゃない！

　思わず彼を心で罵《ののし》った。

「……完成してないのに、ここに持ってきたの？」

「完成してるさ！　ただ滞空《たいくう》時間が伸びないだけだ！」

「それじゃあ、完成してるって言わないわ！　間違《まちが》っても試乗なんてしないでしょうね⁉　危険よ！」

『飛行車』

　幼い頃《ころ》からお祖父様《じいさま》と『こんなのがあったら良いね』と話していた空飛ぶ車だ。

　要は馬のいない馬車なのだけど、これがあったらどこでも行けるね、とよく話していた。

　お祖父様の勧《すす》めで、アカデミーに入った時、豊富な材料と環境《かんきょう》、そして集中できる時間全てを注《つ》ぎ込んで研究していた。

　大好きなお祖父様の夢だった……。

「うるさいな！　君の研究じゃないんだ。僕の……」

「『飛行車』か。どうです陛下、先にそちらを見ませんか？」

　審査員席で陛下の横に座っていた理事長が声をかけた。

「いいね、理事長。空飛ぶ車とは、実に興味深い」

　陛下は楽しそうに顎鬚《あごひげ》を撫《な》でながらダレスに発表を促した。

「国王陛下、これが僕の作った『飛行車』です」

いけしゃあしゃあと、魔道具を覆《おお》っていた布を取り、『飛行車』の前に立って我が物顔で説明を始めた。

「いつ頃《ごろ》からこの『飛行車』の構想を？」

「はい、二年生の秋頃ですね。陛下にご披露できて嬉しいです」

「ほう。そんな短期間で作るとは、本当に優秀なんだな」

目の前にある『飛行車』は、十個の魔精石と八つの魔法陣。私の在学時となんら構造は何ら変わっていない。それどころか、車輪の部分がゴテゴテの金に変えられて塗装《とそう》もダサくなって、改悪している。

一年生の秋、滞空時間の伸び悩《なや》みについてダレスとミリアに話したのが始まりだった。

『何に悩んでるの？　僕で良ければ相談に乗るよ』

同じ研究班で一つ年上の彼にそう声をかけられた。

『ありがとう。大丈夫よ』

そう断ったのに、『話すだけでも楽になるかもよ』と言われて、少しだけ話したのだ。

それがいけなかった。

いつの間にかデスクに収めていた研究資料は全て消え、試作品も彼の手元に渡《わた》っていた。

サダ伯爵家の息子の言い分だけが信じられ、平民として入学していた私の話に耳を傾《かたむ》ける人はおらず、根も葉もない噂も広まり退学せざるを得なくなった。

たった一人、信じてくれたのはミリアだけ。

けれど、彼女は男爵《だんしゃく》家で家格が低く、サダ伯爵家の力でミリアの発言は潰《つぶ》されたと言っていた。それも当然のことだろう。

ミリアだけでもアカデミーに残れたことを喜ぶべきだ。

当時を思い出して、ぎゅっと拳《こぶし》を握《にぎ》りしめて耐《た》える。

この『飛行車』に誰かが試乗して怪我《けが》をしようものなら、廃棄《はいき》まっしぐらだ。

お祖父様と私の思いが詰まったそれが、研究すらできなくなるかもしれない。

実現することすらなくなるかもしれないと、胸が締《し》め付《つ》けられた。

「うーん。どこかで見たことあるわねぇ……」

「副理事長⁉」

よく通る、けれどのんびりとした六十代ぐらいの女性の声に、ダレスが驚きの声を上げた。

「おお、やっぱり君も見覚えがあるかい？　メグ」

理事長がどこか懐《なつ》かしむように副理事長に話しかけた。

「そうねぇ。やっぱりトムも見覚えがある？」

そんな二人の会話に思わず体が、視線が固まった。

メグとトム……。

二人の顔に視線が縫《ぬ》い付《つ》けられ、「まさか……」と小さくこぼした。

その声に理事長と副理事長がこちらを見て、柔《やわ》らかく微笑む。

「三年ぶりね。ティアちゃん。貴女が薬草園に来てくれなくなって、とても寂《さび》しかったわ」

「そうじゃ。突然アカデミーを辞《や》めてしまって、わしらの楽しい時間がなくなってしまったわい」

何度も足を運んだ薬草園。いつも老夫婦《ろうふうふ》のトムさんとメグさんが麦《むぎ》わら帽子《ぼうし》に日よけのタオルをかけて作業していた。

「薬草園の管理人……では」

「もちろん、『それ』も、『これ』も私たちの仕事よ。あの薬草園は知識や経験がないと管理できないからね。貴重な薬草を勝手に使われたり、『盗まれたり』しないためにも……ね」

そう言って、ダレスに冷ややかな視線を送った。

「ダレスさん。貴方、二年生の秋頃から構想を練っていたと言うけれど、ティアちゃんは一年生の夏前には薬草園でハスポポの花を使って浮遊《ふゆう》系の魔道具の構想を練っていたわよ。それからすぐに飛行車の構造についても薬草園に来る度《たび》に話してくれていたわ。何なら私の日記にも書いてあるからお見せしましょうか？」

ダレスはトムさんとメグさんを困惑気味に見ながらも、口を開く。

「……だからなんだと言うんです。そういえば、僕は一年の冬には何となくイメージがあって、細かい構想を始めたのが二年の秋頃です。同じ研究班である彼女には話していたかもしれません。ティアがこれを作ったと言うなら、彼女の仕様書や設計書を見せてもらってくださいよ」

そんなものはもうない。

いつの間にかデスクから消えていて、それが盗まれたと証明することすらできない。

「なるほどね……」

ふっと右の口角を上げたメグさんが審査員席から、ダレスの飛行車のところに来て、飛行車の四隅《よすみ》上下と前後の座席に嵌《は》められた、計十個の魔精石を全て取り外した。

陛下や理事長、公子様も側に来る。

「……何を？」

「正しく嵌めてみなさい。製作者ならできて当然でしょう？」

そう言って、ダレスに魔精石を渡す。

「あ……ええと」

「どうしたの、貴方が作ったんでしょう？　三年間、この研究を続けてきたんでしょう？」

有無《うむ》を言わせぬメグさんのその言葉に、ダレスがゆっくりと魔精石を受け取る。

「それを嵌めたら、余が乗ってみようか」

楽しそうに言ったその言葉に、ビクリと体を震わせたダレスの手元から魔精石がカランカランと音を立てていくつか落ち、慌てて彼がそれを拾った。

「へ、陛下に……乗っていただく訳には……」

「謙遜《けんそん》するでない。完成したと言っておったでないか。早く乗りたいから、さっさと魔精石を戻したまえ」

「……はい」

消え入りそうな声で返事をしたダレスが見るからに迷いながら魔精石を嵌めていった。

チラチラとこちらにダレスの視線が送られるが、何も言わずに彼を見つめ返す。

「あっ……」

そこじゃない！　そう思ったが、理事長に『口を出すな』と手で制された。

「……チッ」

ダレスは腹立たしそうにしながらも、顔色は悪く、手も震えている。

「……できました」

「よし。では乗ってみようか」

「……」

何も言えず、地面を見つめるダレスに思わず首を振った。

一つしか正しく配置されていない魔精石では、どんな誤作動が起きるか分からない。そんなものに陛下を乗せるなどあり得ないし、事故が起きてはダレスの命すら……一族までも、刑《けい》に処されるかもしれない。

「公子様、止めてください。魔精石の配置があんなに間違っていてはどんな事故になるとも分かりません」

隣《となり》にいた公子様に懇願《こんがん》するも、彼はどこか余裕《よゆう》の表情を浮かべていた。

「……だそうですが、陛下。どうされますか？」

「しかし、乗ってみないことには分からんだろう？　魔精石の位置も正しいかもしれんじゃないか」

「それでは、俺が乗りましょう」

公子様が進み出ると、陛下が面白そうに口元を歪める。

「騎士《きし》団長が？」

「御身《おんみ》を危険に晒《さら》す訳には行きませんから」

言いながら、一歩進み出たラウル様の袖《そで》を無意識にぎゅっと摑んだ。

「っと……。パレンティア嬢《じょう》？」

「……危険です」

驚いたように振り返ったラウル様にそう言うのが精一杯だった。

「心配してくださるんですね。ありがとうございます」

そう嬉しそうに言うラウル様に、カッとなってしまった。

「笑い事じゃないんですよ。魔道具の暴走は……！」

「大丈夫です。危険を察知したらすぐ逃げますから。必ず貴女の濡れ衣を晴らしてみせますよ」

そんなこと頼《たの》んでいない。私のせいで怪我なんてして欲しくない。

別に、このまま汚名《おめい》を着せられたままでも良かったのだ。

「公子様……」

そのまま彼は飛行車まで行って中に乗り込んだ。ダレスが真っ青になりながら震える声で操作方法の説明を始める。

「椅子《いす》の横にある……魔法陣に、魔力《まりょく》を通して……ください」

「コントロールはどうするんだ？」

「魔力を通すと同時に口頭で指示するだけで、その通りに動きます」

ダレスの言葉に頷いて彼が魔力を通し、「このホールを一周」と言った。

どうか、怪我しませんように……。

祈《いの》るように両手を合わせてその様子を見つめる。

まるで時間がゆっくりになったような錯覚《さっかく》に陥《おちい》り、心臓の音だけが早くなる。

そして、公子様を乗せてふわりと急激に高く上がったかと思うと、……地面に叩きつけに行くかのように、急降下した。

「きゃあああああ!!」

その結末が頭を過《よぎ》り、目を瞑《つぶ》った。

けれど、想像した破壊《はかい》音は聞こえず、周囲から聞こえたため息と共にそっと目を開ける。

床からほんの数センチのところで、飛行車はふわりと浮いていた。

ドクンドクンと激しく動く心臓は、さっきの最悪を想像したからだろう。

安堵《あんど》に大きく息を吐くも、鼓動《こどう》の速さは収まらなかった。

「ギリギリだったな」

そう言って飛行車から降りた彼がゆっくり手を下げると、飛行車が静かに着地した。

「魔法《まほう》……？」

初めて見るそれに、目が吸い寄せられた。

彼の周りを柔らかな風が舞《ま》っており、その光景に目が釘付《くぎづ》けになる。

彼がこちらに駆《か》けてきて、「ピンピンしていますよ」と微笑んだ。

「ご無事で……良かったです」

「ありがとう。じゃあ次は貴女の番ですね」

「え？」

「魔精石。正しい位置に戻していただけますか？」

戸惑《とまど》いながらも、飛行車まで彼にエスコートされる。

周囲の視線が全てこちらに注がれ、鼓動が速くなった。

「はっ！　そんなの分かる訳ないさ！　同じ形に似たような色の魔精石で、仕様書もないのに、正しく置けるもんか。僕だって仕様書があれば……」

「……逆にどうして分からないの？」

「……は？」

理解できないダレスの言葉に、先ほどの緊張がふっと抜《ぬ》け、「なぜ？」と首を捻《ひね》りつつ、魔精石の色を天井のライトに透かして、一つ一つ間違いがないことを確かめる。

「少し濁《にご》った朱《しゅ》の石は、赤黒鳥の羽と一緒に加工したもの、少し気泡《きほう》のある赤い石はハスポポの種子から、溶《と》けるような赤い色は夕蝶《ゆうちょう》から。同じ赤でも、全く違うじゃない。そうでなくても、魔力を少し流して確認すれば、反応の違いで分かるでしょう？」

そう言うも、ダレスは口元を引き攣《つ》らせて、「……分かんねーよ」と小さく呟いた。

陛下に急《せ》かされて、魔法陣が効力を発揮するように一つ一つ確認しながら正しい位置に嵌めていく。

「――できました」

「よしよし、では早速《さっそく》余が試乗しよう」

さっきの出来事など忘れたかのように、意気揚々《いきようよう》と陛下が乗り込む。

「では、私も」

公子様も乗ったので、慌てて二人を引き止める。

「私が試乗しますので、お二人は下でご覧になっていただければ」

「大丈夫だよ。ほら、理事長も副理事長も大丈夫とサインを出していますから」

ラウル様が示した先には、トムさんが親指をグッと立てて、メグさんが右手の親指と人差し指で小さな輪を作って笑っていた。

「では、行きましょうか」

そう言うと、彼が私をするりと中に引き入れて、魔精石に魔力を通す。

「ホールを一周して、着陸」

公子様が言い終えると、ふわりと上空に上がった飛行車が、大きくホールを回って、元の位置にゆっくりと着陸した。

「おおー！　これは面白い！　もう一周したいのう！　理事長、一緒にどうかね」

「いいですな。それでは、失礼して」

「あ、あの！　飛行時間は長くないはずなので、一周ごとに着陸してくださいね！」

慌てて声をかけると、陛下は『承知した』と笑顔で飛び立つ。

新しいおもちゃを見つけたかのように目を輝《かがや》かせた陛下が、トムさんを誘ってさらにもう一回試乗すると、周囲からも『飛行車』が上昇《じょうしょう》する度に感嘆《かんたん》の声が響いた。

「さて、ダレス君。君が言った去年の魔道具とやらも怪《あや》しくなってきたが、君はそれも自分が作ったものだとする主張は変わらないかね？」

「……」

陛下が三回ほど試乗した後、俯いて黙ったままのダレスに言った。

サダ伯爵も、顔色が悪いまま、少し離れたところでその様子を見ている。

「パレンティア嬢。君の言い分を改めて聞こう。例えば、あの隼型魔道具が君の案だったとして、当時と何が違うか言えるかね？」

試《ため》すかのような陛下の視線に体が竦むも、ここで引いては全てが水の泡《あわ》になると、きゅっと唇《くちびる》を引き結んだ。

「はい。当時作った隼型魔道具は、飛行距離五キロメートル、飛行時間三〇分、最高時速五十キロメートルと正直実用には向かないものでした。ですが、この三年間の研究で飛行距離百キロメートル、飛行時間は五十時間、時速は最高で三百二十キロと大幅《おおはば》に改善することができました。見た目は三年前の試作品と同じですが、外枠《そとわく》の素材を変えることによって、速度を出し、その分飛行時間も増えました。それから、以前の魔道具が得られる情報は画像のみで、魔道具が手元に戻ってきてからでないとその画像は見られませんでしたが、この新型は鳥籠の上半分を外せば、その上部に画像が映し出され音声も流れます」

そう言って私は隼型魔道具を飛ばし、鳥籠の上部を外して流れてくる情報を映し出した。

と言っても、くるくると会場内を飛ぶ隼は、大した画像を送ってくる訳ではないのだけれど……。

「なるほど……これは、確かに商品として売り出せそうだな。国としても魅力《みりょく》的な商品だ」

「ありがとうございます。後は、もう少し小型化することと、音声が一方通行ではなく、こちらからも音声を送ることができればより良いと考えています」

「陛下、ダレス君の発表した隼型魔道具は、パレンティア嬢が言った初期のものと性能は同じです。ということだけお伝えしておきます」

理事長の言葉に小さく頷いた陛下は、満面の笑みを向ける。

「ありがとう。素晴《すば》らしいプレゼンテーションだったよ」

やっぱり、ダレスは魔道具に何も手を加えていなかったのかと思いながら、「もったいないお言葉です」と、頭を下げた。

「さて、ダレス君。君の話も聞こうか?」

「……」

ダレスは俯いたまま、何も言わずにただ拳を握りしめていた。

何か言おうとするも、血の気の引いた唇からは何の言葉も出てこない。

「何も言うことはないのか」

「……ティ……、ティアは……、教師たち……に……その……」

「あぁ、そういえば、パレンティア嬢に『迫られた』と言っていた教師だが、君からお金をもらってそう言うように指示されたと言っていたよ。そして彼女を退学に追い込んで、盗作の噂のある『平民』には働き口がないと脅《おど》し、サダ家で彼女の才能を独占《どくせん》しようと目論《もくろ》んだこともな。……この件に関しても、ゆっくり話を聞かせてもらおうか」

ラウル様がダレスの言葉を遮《さえぎ》り、彼を冷ややかに見下ろしながら言うと、ダレスは忌々《いまいま》しそうにこちらを睨みつけた。

「……っ。なぜ平民のフリをしていたんだ」

「え？」

「お前がカーティス家の人間だと知っていたらこんなことに手を出したりしなかったさ！　お前が隙を見せていたんだ！　嵌めたんだろう！　僕はサダ家の息子だ！　結果を残さないといけないんだ！　仕方なかったんだよ！」

ダレスの叫びがホールに響き渡る。

「お前は自分のことばかりだな！　平民であろうが貴族であろうがお前はやってはいけな

いことをしたんだ。自分の愚《おろ》かさを彼女のせいにするな」

ラウル様は堪えるように拳を握りしめ、ダレスから庇うように私の前に立った。

「うるさい！　良いじゃないか！　既《すで》にティアは入学直後からたくさんの魔道具を作ってた！　一つや二つ、僕にくれたって良いだろう⁉　良いよな才能あるやつは、次から次へと簡単に……」

「ふざけるな！　彼女が才能だけでそれを作ったと思うのか？　彼女の積み上げてきた知識と経験が簡単に手にしたものだと思うのか？　お前が奪《うば》ったのは彼女の魔道具だけじゃない。彼女の努力も、それに込めた想《おも》いも時間も全て踏み躙《にじ》ったんだ」

「公子様……」

どの魔道具も思い立ったからというだけで作ったりなんてしていない。

素材も魔法石《まほうせき》も一つだって無駄《むだ》にできないし、一つ一つ時間と労力をかけてきたつもりだ。

『簡単』だなんて言葉で片付けて欲しくない。

「ダレス様……。私が平民のフリをしていたのは、『カーティス家』の名前に人が寄ってきて欲しくなかったからです」

「は？」

「サダ家の貴方の周りには……いつも人がいたでしょう？　貴方自身も家の力を分かって

いたはずだわ。『サダ家の魔道具工房に就職させてやる』って、いろんな人に何度も言っていたでしょう？」

彼の周りには常に魔道具科の生徒がいた。

媚《こび》を売るように彼にまとわりつく人たちを見て、あれでは自分の研究をする時間がないのではないかとダレスを心配したこともある。

「だから何だ……？」

「私にはカーティス家の雇用《こよう》の権限もないし、自分が学べる時間や研究の時間がそんなことに割《さ》かれるのは嫌《いや》だった。……そもそも目立ちたくなかったし、……カーティス家の娘として優遇《ゆうぐう》されるのも嫌だった。実際教師ですらサダ家の貴方に気を遣《つか》っていたじゃない」

「何だと？　僕が贔屓《ひいき》されていたって言いたいのか？」

不愉快だと言わんばかりの彼の言葉にこちらが驚く。

まさか本気で『優遇』されていなかったとでも思っているのだろうか？

「え？　だって、あんなレポートで……『A』をもらっていたじゃない」

彼が気づいていないとは思わずポロリとこぼしてしまった。

「な……なん……」

「貴方が相談してきたレポートを見てびっくりして……。基礎《きそ》中の基礎しか書かれていないのに、〝A〟しかもらえなくて、〝S〟にするにはどうしたら良いか』って相談してきたじゃない。これで〝A〟をもらっているって、最初何の冗談《じょうだん》なのかなって思ったぐらいよ」

「ババ、バカにするのも……」

彼は真っ赤になって震えながら睨みつけてくるが、なぜか不思議と怖《こわ》くなかった。

「あの『情報収集魔道具』も『飛行車』も、私が作った三年前と構造がほとんど変わらなかった。先生方がきっと『このままでも十分だ』とでも言ったんじゃない？」

情報収集魔道具も飛行車も滞空時間が短い。

そんなものを十分だと普通《ふつう》は評価したりしない。

「兄様がアカデミーに通っていた時、それで大変だったって言っていたわ。学びたいのに、成長できなくなってしまう。そんな変な贔屓をされるのって嫌だなって。だから平民のフリをしていたのよ」

「……っ。くそっ！」

ダレスは怒《おこ》ったように白衣の胸元《むなもと》のバッヂを引きちぎって地面に叩きつけた。

カン……と、甲高《かんだか》い音を立てて跳《は》ねたそれが私の足元に転がってきた。懐かしい学章が描かれたバッヂを拾って手に取り、じっと見つめる。

私のバッヂはもう三年前から机の奥に仕舞《しま》い込んだままだ。

「……アカデミーのことは嫌なことばかりで、思い出したくもないし、貴方を許せないけれど……でも、貴方と魔道具の話をするのは、……とても楽しかったわ……」

そう言って、驚いて目を見開いたダレスの手の中にバッヂを戻す。

「それは、……本当よ」


その後、審査員による協議が行われ、私の魔道具が優勝した。

陛下からは優勝の盾《たて》を渡され、公子様は優勝賞品の入ったビロード張りの箱を渡してくれた。

「どうぞ、開けてください。貴女が実力で手にしたものですよ」

「……はい」

開けた箱の中に鎮座するものに目を見開いた。

透き通った手のひらサイズの鱗《うろこ》はほんのり青く、キラキラと輝くそれに、思わず息を呑む。しかも三枚もある。

「リヴァイアサンの……鱗……」

海龍《かいりゅう》とも言われる深海の魔物《まもの》で、以前艦隊《かんたい》を壊滅《かいめつ》させたこともあるほど凶暴《きょうぼう》だ。

少しでも目撃《もくげき》証言があれば、港は封鎖《ふうさ》され、漁師たちの生活が脅《おびや》かされる。

その鱗や骨は貴重な魔道具の素材となり、個体数の少ないことから入手は困難を極《きわ》める。

何よりこの鱗は鮮度《せんど》が高い。

魔道具素材店で一度見たことがあるけれども、もっと乾燥《かんそう》していて、色もくすんでいるような感じだった。

これで魔道具を作れば、より高品質なものができるだろう。

うずうずと、好奇《こうき》心が擽《くすぐ》られた。


表彰式《ひょうしょう》が終わり、簡単な食事会が開かれることとなった。陛下はお忙《いそが》しいようで帰城されたが、会場には多くの人が残っていた。

「あの、ありがとうございました」

「楽しんでもらえたなら、勇気を出して誘った甲斐《かい》がありましたよ」

相変わらず優しい笑みを浮かべてこちらを見るラウル様に赤面してしまった。

「それに、……ダレス様のことも、ありがとうございました。ずっと胸にあった突《つ》っ掛《か》かりが取れて、なんだかとてもスッキリしました。それに、もっと魔道具に前向きになれました」

ラウル様がモテるのがよく分かる。

見た目だけじゃない。

相手のことを思《おも》い遣《や》る優しさも、他人のために怒る優しさもある。

「自己満足ですよ……。パレンティア嬢は目立つのを嫌がってらしたのに」

「……それでも、です。本当に感謝しています」

まっすぐ彼の目を見て言った言葉に、ラウル様が少し目を見開く。

「少し……欲を出しても……？」

「え……？」

「……パレンティア嬢。建国祭で貴女をエスコートさせていただいても……よろしいですか？」

不安そうに揺《ゆ》れる瞳に、ぎゅっと心臓を掴まれたかのような苦しさを覚える。

「……喜んで」

そう、小さく答えると、彼が一瞬《いっしゅん》目を見開いた後、嬉しそうに微笑んだ。

あぁ、この微笑みで彼に心奪われない女性など、いる訳がない。

胸《むね》の奥に、ジワリと温かく、それでいて締め付けられるような苦しさが渦巻《うずま》いている。

ここからは私が勇気を出す番だ。

もらってばかりの、逃げてばかりの自分を変えていかなくては。

「それから……」

「はい？」

小さく首を傾《かし》げたラウル様から、あまりの恥《は》ずかしさに視線を逸らす。

「その時に……、求婚のお返事をさせてください。前向きに、検討……します……ので……」

逸らした視線の先にあった飛行車の窓ガラス。

そこに映った彼の笑顔を私は一生忘れることはないだろう。

「あの、わ、私、ミリアに挨拶してから帰りますので……。ちょっと、……失礼します」

そう言って、恥ずかしさを隠すように、控え室に向かった。

会食会場にミリアの姿が見えなかったので、帰ってしまったかなと思いながら、控え室に急ぐ。

実は、今日会えたら渡そうと思って、以前公子様が退治してくれた、『オオウツボの毒』を精製して持ってきたのだ。頓挫《とんざ》したという彼女の研究が実を結ぶといいなと思いながら。

控え室の開け放たれたドアから罵声《ばせい》が聞こえてきて、何事かと足を止めた。

ダレスとミリアの声のようだ。

「なんでバラすのよ！　あの女が……、パレンティアが結局全部手にして満足な訳!?」

普段《ふだん》の穏《おだ》やかな彼女からは想像できない、神経質で甲高い声とその言葉に全身の血の気が引いた。

「仕様がないだろう！　あの状況でどうしろって言うんだよ！　審査員もウチの者が外されて、当時の教員まで……公子の恐ろしさからか、全部吐いていたんだ」

「ふざけないでよ！　魔道具界にあの女が戻ってきて、公子様まで……。奪ったものを全部取り戻されちゃったじゃない！」

「黙れ！　男爵家のくせに僕の婚約者になれたのは、なぜだと思ってるんだ。役に立つと思ったからだ！　ティアから魔道具のアイディアを横取りするのも、学園から追い出すのも、全部お前が言い出したことだろう。全部を僕に押し付けるな！　しかもティアがいなくなってから、横取りした魔道具はちっとも進捗《しんちょく》していない！　お前が無能だからだろう⁉　これは男爵家にも責任を追及《ついきゅう》するからな！　婚約も破棄《はき》だからな！」

『婚約者』？

『横取り』『追い出す』……それをミリアから？

「ふざけんじゃないわよ！　ティアの才能に劣等《れっとう》感を抱いていたのを手伝ってあげただけじゃない！」

「うるさい、お前もだろう！　気づかないと思ったのか⁉　ティアがいなくなってお前が公子に擦《す》り寄っていったのを何度も見たんだぞ！　ティアに嫉妬《しっと》していたのはお前だろう！　お前が他の連中に爪弾《つまはじ》きにされていたのに、『共犯』だからこそ、目をかけてやったのに！」

ガシャンと何かが割れる大きな音がして、びくりと体が竦む。

「……あんたこそ！　誰がこの三年間レポートを書いてやったと思ってんのよ！　無能男が！」

「……！　二度と目の前に現れるな！　この疫病神《やくびょうがみ》が！」

捨《す》て台詞《ぜりふ》を吐いて部屋を出ていくダレスの背中に向かって更《さら》に暴言を叫び続けるミリアの姿は、信じがたいものだった。

いつも優しく、穏やかなミリアの発する言葉とは思えず、知らぬ間に「ミリ……ア……？」と声に出していた。

大きな声を出したせいか、「はぁ……はぁ」と肩《かた》で呼吸していたミリアが、ハッとしてこちらを向いて目が合った。

「ティア……」

「ミリア……。どういうこと……」

震える声で、そう問いかけるも、ミリアはハッと小馬鹿にしたように笑う。

「あんたが気に入らなかったのよ。平民のくせに、無駄に知識と意欲があって、……ただその珍《めずら》しさから公子様が気にかけているのも、腹立たしかった」

「公子様……？」

「そうよ。あんたは大好きな魔道具に夢中で気づかなかったでしょうけど、食堂や講堂でいつだって公子様の視線があんたに向いていた。あんたのことを聞かれたことだってあるわ。だけど、公子様は女生徒みんなの憧《あこが》れで、誰かのものになっていい存在じゃない」

そう睨みつけてくるミリアは、まるで知らない人のようで、これが現実だなんて思えなかった。

「私のものではな……」

「うるさい！　そうやって、いつもいい子ちゃんぶって。言っておくけれど、騙《だま》したのはあんたも一緒だからね。伯爵家の令嬢《れいじょう》？　平民のフリして入ってきて、私を騙したんじゃない。結局私のことも見下していたんでしょう？　所詮《しょせん》男爵家の出来損《できそこ》ないだって。アカデミーでは身分は関係ないなんてそんな訳がない。将来を約束されたあんたになんて私の気持ちが分かる訳ないわ。……私より……下だと……思っていたのに」

喉の奥から搾《しぼ》り出すような声に、私は見ているものが信じられず、言葉が出なかった。

「友達だなんて思ってた？　そんな訳ないじゃない。平民だと思っていたから、優しくしてやれば便利な存在になるかと思ったのよ」

彼女の、冷たく鋭《するど》い言葉に何も返せない。

こんなにも、あの笑顔の下で、嫌《きら》われていたなんて想像もしていなかった。

「それに公子様だって、あんたのこと気にかけていたってすぐに飽《あ》きるわよ。彼の側にはいつだってあんたなんて足元にも及《およ》ばないほど綺麗で、優雅《ゆうが》で、令嬢の鑑《かがみ》のような女性がたくさんいるんだから。今はもの珍しさで興味があっても、すぐに飽きられて他の女性のところに行くわ。もう既にそうかもしれないけどね？」

ハッと笑ったミリアの言葉に、足が竦んだ。

「あんたなんかのどこに取り柄《え》があるって言うのよ。所詮、魔道具しか作れないくせに。あんたに近づいたのも魔道具の情報を得るためよ。なのに、いつの間にかラウル様にまで気にかけられて」

「ダレス様と婚約っていうのは……」

「は？　あんなのサブに決まってるでしょう？　なのに、あの男まであんたに近づいて。でも分かったでしょう？　結局はダレスだってあんたの魔道具が目当てだったって。公子様だってそうよ。結婚《けっこん》して、魔道具の利権があの方の手に入れば、飼い殺し同然になるわよ。結婚なんて建前で、魔道具を作らされる日々。すぐ他の女性の元に行くわよ。まぁ、魔道具好きのあんたはそれでいいかもしれないけどね」

その時、手にしていた小さな瓶《びん》が手から落ちる。

「あ……」

コロコロと転がった瓶が、ミリアの足にコツンと当たって止まった。

「……『オオウツボの毒』？　……まさか私に渡そうとでも思った訳？　こんなものいら

ないわよ。気持ち……悪い」

そう言って、ガシャンと瓶を踏みつけた。

これは、ミリアが研究していたものの素材の一つになるだろうと思ったものだ。

精製した毒は人体に影響はないが、消毒作用が強いため重宝されているものなので、……きっと、彼女の役に立つと……。

「言っておくけど、私は魔道具なんて興味ないからね。あんなのたまたま父親が魔道具塔《まどうぐとう》に勤務してるからだし、アカデミーには婿《むこ》探しに行っただけのようなものなのよ。でも誰も男爵令嬢《だんしゃくれいじょう》なんて相手にしないし、他の貴族の令嬢たちは私を見下してくるし……。気が弱そうで平民だったあんたが丁度良かったのよ。あんたが公子様に求婚《きゅうこん》されてるって話を聞いたけど……、どんなふうに飽きられるか、数年後を楽しみにしておくわ」

そう言って、彼女はスカートを翻《ひるがえ》して去っていった。

気がつけばいつの間にか、公子様とブランカが待っているホールに足を向けていた。

会場はまだ熱気があり、他の参加者や見学者たちが最終選考から漏《も》れた作品を見て楽しんでいた。

遠くから見ても公子様の周りには綺麗な令嬢たちが集まっていて、嫌でも目立ち、いつぞやの舞踏会《ぶとうかい》を思い出した。

あの時は、何とも思わなかったし、むしろ他の令嬢に目を向けてくれたらと思っていた。

ふと、目の前にあった鏡に映った白衣姿の地味な自分を見て、乾《かわ》いた笑いがこぼれた。

「……今まで気にしたことなんてなかったのにな……」

どう頑張っても私は研究者で、魔道具師《まどうぐし》にしかなれない。

あの、煌《きら》びやかな世界に飛び込む勇気はまだない。

それを痛感し、彼と私の世界の間に大きな溝《みぞ》があるようで、足が動かなかった。

「そういえば、先日カーティス領に旅行に行ったのですが、何でも公子と例のパレンティア嬢との結婚が決まったそうですよ。領民が盛り上がっていました。信じられませんでしたが、先ほどのお二人の雰囲気から本当のことだと確信しましたよ。あの悪評とは真逆の女性でしたね」

突然近くの男性たちの会話が耳に入り、思わず体が固まった。

まだ結婚は決まっていないし、それどころか求婚の返事すらしていないのに、……どことなく気恥《きは》ずかしく、複雑な気持ちで立ち尽くしていると、彼らの会話に、現実を突きつけられた。

「しかし、さすが公子様ですね。パレンティア嬢を落とすとは。高性能な魔道具が他国に渡るのを防げるではありませんか。あの『隼型情報収集魔道具』は他国に軍事利用されたらたまったものではありませんからね」

「まぁ、あんな女っ気のない令嬢でも、仕事と思えば結婚も平気でしょう。公子様の地位と容姿があれば、結婚したとしても女性は集まってくるでしょうからね」

「何でも殿下が、彼女に渡されたレポートだか書類だかを見て、絶対に落とせと言ったそうですよ」

彼らの会話に、足元から凍《こお》りつくような感覚に襲われる。

「パレンティア嬢！」

と声をかけられて、ハッと顔を上げた。

目の前には、心配そうに微笑んでいる公子様の顔があった。

「遅かったので迎《むか》えに行こうかと思っていたんです。ミリア嬢には会えましたか？」

「……え、ええ」

「良かったです。ところで、そろそろ帰りますか？　早く優勝賞品で何かを作ったりしたいでしょう？」

満面の笑みを浮かべて、私に賞品を返す公子様の後ろから令嬢たちの視線が突《つ》き刺《さ》さる。

値踏みするような、嘲笑《あざわら》うような、……彼に相応《ふさわ》しくないだなんてそんなの自分が一番よく分かっている。

『なんであんなのが』という思いを隠そうともしない彼女たちの瞳に、ミリアに言われた言葉が頭の中で繰り返される。

綺麗な衣装《いしょう》も、化粧《けしょう》も、仕草もない、今の私がどんなかだなんて周囲の視線が語っている。

「公子様……。私やっぱり貴方との婚約は考えられません」

「え？」

笑顔のまま公子様の目が見開かれた。

私は研究者だ。

貴族としてその道へ進めと言われても、自分を捻《ね》じ曲《ま》げることに変わりはない。

アカデミーから逃げ出してもやめられなかった魔道具の研究は、私の人生を描いてきた全て。

彼の、華やかな人生と交わることなんてない。

「一体何が……」

結婚しても、今後も研究を続けられる。けれどいつか、彼の足を引っ張ることになったら？　やっぱり、相応の女性と結婚するべきだと後悔《こうかい》されたら、どうしたらいい？　また、裏切られたら、どうしたらいい？　立ち直る術なんて知らない。

だって、アカデミーを離れても、ミリアを信じていたのに。利用されていたなんて思いもしなかった。

彼女が私の魔道具を盗むようにダレスに言ったなんて信じたくなかった。

私もいつかミリアのように、嫉妬に塗《まみ》れて人を傷つけることになるのだろうか。

そんなの分からない。

分からないから不安なのだ。

魔道具は、頑張れば頑張るほど応えてくれる。失敗しても、何か新しい発見が生まれ、また何かに変わる。

その様が楽しくて、嬉しくて、何度だって挑戦《ちょうせん》できる。

けれど人の気持ちはそうでないと言い切れない。

裏切られた傷をこれ以上深くなんてしたくない。

嫌われたくない。

お前なんかと結婚するんじゃなかったと、うんざりした目を向けられるかもしれない。

――これ以上傷つきたくない。

ぎゅっと拳を握りしめて、唇を噛みしめる。

「魔道具のために私に近づいたんでしょう？　殿下に言われて。先ほどどなたかがおっしゃっていましたよ」

「……っ。それは！」

彼の気まずそうな反応に、今まで感じたことのない、寒気に襲われる。

違うと言って欲しかった。

彼はそんな人じゃない。あの時間も言葉もいくつかは本物だと……思いたい。

けれど、私には何が真実か確かめる術もない。

「申し訳ありませんが、私は公子様と結婚なんてできません。恥ずかしくて黙っていたんですが、幼い頃から心に決めた人がいるんです。……貴方と違って、誠実で、真面目で、たった一人を大事に思える人です。貴方なんて足元にも及ばないほどに……」

公衆の面前で恥《はじ》をかかされたら、きっと彼も私に呆《あき》れてくれるだろう。

顔も見たくないと思ってくれるだろう。

殿下に言われて私に声をかけてくれたんだとしても、こんなに私のために動いてくれた彼を、こんな風に傷つけている自分が嫌いだ。

「女遊びの激しい公子様を信用なんてできません。なので、二度と私にしつこく付《つ》き纏《まと》わないでください。うんざりです」

なんて理不尽《りふじん》な言葉だろう。

私が彼を傷つけている。

人を傷つけたくないと思った矢先に、酷《ひど》い言葉を『彼』に投げつけるだなんて。震える手で自分の指に嵌めてあった指輪を外し、彼の手のひらに強引《ごういん》に押し込む。

「二度と私の前に現れないでください」

そう言って、私は体を反転させて無言でついてくるブランカと会場を後にした。

静かな研究室にブランカのため息がやけに大きく響いた。

「お嬢様《じょうさま》、また手が止まってますよ」

「え？　……あ！　あぁ！　一部が固まっちゃった……」

「ぼーっとして、ちゃんと混ぜないからですよ」

「あぁ……。うん。もう一回作るから大丈夫よ」

「もう素材はありません」

「……そう。買いに行ってくるわ」

ないのなら買いに行かなくては……。

そう当たり前のことをぼんやり考えながらも立ち上がれずにいると、ブランカが更に大きなため息をつく。

「お嬢様、休みましょう」

「え？　でも今日中に試したいことがあって」

「薬液あってのものでしょう。それが作れないんだからスタート地点にすら立てません」

その通りなのだけど、全く作業が進まないのだ。

大好きな魔道具の反応実験をしたいのに……。

心が、弾まない。

「お嬢さ……」

その時、コンコンコンとノック音がして、母が入ってきた。

「ティアちゃん、ちょっと良い？」

「母様」

ニコニコと笑顔で部屋に入ってきた母にどうぞと答えると、ブランカが椅子を持ってきて母に勧めた。

ブランカはすぐにお茶の用意を始め、出来た侍女《じじょ》だと久々に感心する。

家族の中で一番目線の近い母は、見ようによっては姉と同年代にも見えた。

小柄《こがら》で童顔の母はいつまで経《た》ってもあまり歳《とし》をとっていないような気もする……。それはそれで怖いのだけれど……。

「どうされたんですか？　研究室にいらっしゃるなんて珍しいですね」

「だって、ティアちゃんが失恋《しつれん》して落ち込んでるって言うから」

「ブッ……！」

口に含《ふく》んだタイミングで投下された母の言葉にお茶を吹き出し、ゴホゴホと咽《む》せた。

「あら、大丈夫？」

「だい……丈夫。です……ごほっ」

「そう？　それでね、やっぱり母親としては娘の初恋《はつこい》の相談に乗った方が良いかと思って」

「……失恋でも、初恋でもありませんが」

ほんわかとしたのんびり口調の母の言葉に否定の言葉を返し、今度はきちんとお茶を一口飲む。

「……えーっとね？」

「……はい」

「……多分そう思っているのはティアちゃんだけよ？」

ガチャン！　と今度は大きな音を立ててカップが床に落ちた。

「ですから……！」

「だったらどうして、こんなに薬液を失敗してるの？　三年前、アカデミーから戻ってきた時は、すぐにでも新しい魔道具を作るって目を輝かせてたのに」

母は机の上に並んだ失敗作の薬液に視線を移した後、こちらに目線を戻す。

「……っ」

あの時は、本当に悔《くや》しい気持ちでいっぱいで、あんなとこでなくても良いものは作れるんだとやる気に満ちていた。

けれど、今は何もする気が起きない。

体も重いし、全てが色を失ったように、何にも心が動かない。

「……好きだったのね」

母の言葉に、頬《ほお》を何かが伝っていく。

「分かり……ません。ただ、苦しいんです。ずっと離れないんです」

「うん」

母は小さく頷きながら側に来て、私の背中を優しく撫でた。

「ずっとあの人の笑顔が頭から離れてくれないんです。あの人の傷ついた顔も……ずっと、ずっと。酷い言葉を投げつけて、それで全てを終わりにできると思ったのに……」

「そう……」

何が恋《こい》なのかは、分からない。

けれど、これが恋なら、なんて苦しいものなのだろうか。

忘れたいのに、頭にこびり付いて離れなかった。

彼の笑顔も、言葉も、楽しかった僅《わず》かな時間が、私の心を締め付けてくる。

恋だったのかと……そう自覚してしまえば、呼吸すらできないほどに胸が苦しく重くなった。

「……好きに、なってはいけなかったのに」

思わずそうこぼすと、母は背中をさする手をピタリと止めた。

「貴女の思いは伝えたの？」

「え？　……いいえ」

「何も伝えていないのに、なぜ落ち込んでるの？　始まってすらいないじゃない」

「だって……」

彼は殿下に言われて魔道具のためだけに近づいたのだから、好きになどなってくれない。

仮に、今私に興味があっても、簡単に興味を無くすだろう。

あの魔道具発表会でのことを伝えると、母はきょとんとした。

「彼がそう言った？」

「……いいえ」

「では、きちんと思いを伝えてきなさい。それで失恋したら大人への第一歩よ。何もしてない貴女に泣く資格なんてないわ」

私の顔を覗き込むようにそう言って、母は私をぎゅっと抱きしめた。

「大丈夫。貴女なら乗り越《のこ》えられる。好きと伝えて、もしもはっきりと彼の口から騙していたと知らされたならば、一発殴《なぐ》ってもいいと思うのよね」

「母様⁉」

いつもふわふわした母の口から飛び出した言葉とは思えず、驚きの声を上げる。

「大丈夫、何があっても私たちは貴女の味方だから。安心して、女心はナメたら怖いと、教えて差し上げなさい」

にこりと微笑んだ母に、ブランカがぽそりと呟く。

「さすが伯爵家の裏ボス。貫禄《かんろく》が違いますね……」

「なぁに、ブランカ？」

「いえ、奥様。何でもありません！」

あのブランカがビクリと背筋を伸ばした姿に笑ってしまった。

八章　建国祭

抜《ぬ》けるような青い空の下、建国祭の開催《かいさい》を知らせる祝砲《しゅくほう》が打ち上がった。

城の中は、溢《あふ》れんばかりの人でごった返している。

「ティア、大丈夫《だいじょうぶ》かい？」

兄の言葉になんとか口角を上げて大丈夫と返事をするも、頬《ほお》が引《ひ》き攣《つ》っているのが自分でも分かる。

「ティア、とっても綺麗《きれい》だから自信を持ってね」

「ありがとうございます。姉様が綺麗にしてくださったおかげで、……まるで鎧《よろい》でも着ているかのように勇気が湧《わ》いてきます」

そう答えると、姉は優《やさ》しく私の頭を撫《な》でた。

「僕も一緒《いっしょ》にラウル殿《どの》を探そうか？」

「いえ。これは私一人で頑張《がんば》らないといけないことなので。でも、……ありがとうございます」

心配そうに言った兄に笑顔《えがお》で返して、足を踏《ふ》み入《い》れた試合会場……もとい、建国祭のメインホールは多くの貴族でごった返していた。

以前、王太子殿下《でんか》に招待していただいた舞踏会《ぶとうかい》は、本当に小規模のものだったのだと痛感する。

今までは、建国祭に来てもダレスに会うのが嫌《いや》で、受付を済ませたらメインホールには行かず、比較的《ひかくてき》人気の少ない場所で壁《かべ》や景色と一体化していたから、初めての会場に圧倒《あっとう》されてしまった。

「この中から公子様を見つけられるかしら……」

とりあえず人だかりのできている場所に行けば会えるかと、足を進める。

けれど、見つけた人だかりは王太子殿下に集まる人だったり、どこかの銀髪《ぎんぱつ》の美女に群がる男性陣《じん》だったりで、全く公子様が見つからない。

庭を覗いてもそれらしき人もいないし、ただ王宮をぐるぐると徘徊《はいかい》しているだけだった。

「全っ然見つからない……」

普段《ふだん》運動しない上に、歩くのは何の緊張《きんちょう》感もなく歩ける山や丘《おか》だけ。

人にぶつからないように、周囲に常に気を配りながら歩くことはないので、会場を一周しただけで思った以上に疲《つか》れてしまった。

「パレンティア？」

ホールに戻《もど》ってゼェゼェと無様に息を切らしていたところに声をかけられて振《ふ》り向《む》くと、

そこには同年代ぐらいのブラウンヘアの知らない男性が立っていた。

彼が、にこやかにこちらに近づいてくる様子に警戒《けいかい》する。

「ええと……。何か?」

「やだな、従兄《いとこ》の顔を忘れたの?」

「え?」

その言葉に彼を見つめると、朧《おぼろ》げな記憶《きおく》が蘇《よみがえ》る。

「……オルタ?」

「そう、小さい頃《ころ》はよく一緒に遊んだろう? 黒髪《くろかみ》のご令嬢《れいじょう》なんて珍《めずら》しいから、すぐ君だと分かったよ」

思い出した。というか、忘れていたかったのに、思い出させられてしまった。

私の大事にしていたコグソクムシ。

ぶん投げられ、踏み潰《つぶ》された恨《うら》みは今も心の奥底に蔓延《はびこ》っていた。

「あぁ……」

「その、……『あの虫』のことも面と向かって謝りたかったんだ。虫が苦手だったのは本当だけど……あんな意地悪したのも君が好きだったからなんだ。こっちを向いて欲しくて、君の大事なものを壊《こわ》した。それで、虫は捕《つか》まえられなかったんだけど、お詫《わ》びに別のトカゲを一生懸命《いっしょうけんめい》探したんだよ。あの時は本当にごめん」

「……。あぁ」

そういえば、後から別のトカゲが送られてきたけれど、ショックの方が大きくて、忘れていた。

コグソクムシでないと意味がないと、この世の終わりの如《ごと》く泣き喚《わめ》いていた覚えがある。

「あの後、何度も君を訪ねようと思ったけど、勇気がなくてね。本当にごめん」

傷つけられたことは忘れられないが、大人になった今なら彼を許せる。

「いいの。私こそ、貴方《あなた》の苦手なものを押し付けるように見せたこと、謝るわ。仲良くなりたくて、私の好きなものを見て欲しかったの。ごめんなさい」

「いいんだ。僕の方が年上だったのに。……君は綺麗になったね。どう？　一曲踊《おど》りませんか？」

恭《うやうや》しく言った彼に、クスリと笑う。

けれど、そもそも踊る気になどなれないし、今は公子様を探すのが先決だ。

「ごめんなさい。人を探しているから……」

「……もしかして、ラウル＝クレイトン公子様を探してる？　ここ最近君と彼とのことが話題になっていたけど……」

「彼を見かけたの？」

「奥の休憩《きゅうけい》室に……金髪《きんぱつ》で緑のドレスを着た美しい女性と入っていかれるのを先ほど見

かけたよ……」

オルタの言葉に、体が凍《こお》りついた。

舞踏会や夜会で男性と女性が一緒に休む休憩室。その意味が分からないほど子どもではない。だからと言って、私が怒《おこ》る権利など当然ない。

ジクジクと胸の辺りが不快なものに包まれるが、なんとかやり過ごそうとゆっくりと深く息を吐《は》いた。

「ごめんなさい。オルタ、私……」

「あらあら、建国祭でも男漁《あさ》りだなんて、忙《いそが》しいのね。噂《うわさ》は本当だったじゃない」

「……ミリア」

振り向くと、そこには華《はな》やかに着飾《きかざ》ったミリアが立っていた。

先日のことは夢ではないと、彼女の悪意に満ちた表情が物語っている。

「公子様を振ったそうね。貴女《あなた》にしてはいい判断だったんじゃない？」

「っ……」

その時、突然肩《とつぜんかた》を掴《つか》まれて振り返ると、瞳《ひとみ》に暗い炎《ほのお》を宿したダレスが立っていた。

「「ダレス……？」」

ミリアも驚《おどろ》いたように声を上げる。

「よくもまぁ、のこのこと建国祭に来られたものだな。あの後、僕がどうなったか知ってるか？」

「……どうって……」

「研究員は解雇、僕の数々の輝《かがや》かしい成績も全て剝奪《はくだつ》され、僕はいい笑い者だ」

ハッと自嘲《じちょう》気味に笑いながら肩に置いた指が食い込むほど強く握《にぎ》られる。

「それは、……私のせいじゃないわ」

「ふざけるな！」

ダレスの大きな声がホールに響《ひび》き渡《わた》り会場がしん……と静まり返った。

オルタも、何事かと驚いたように固まっていた。

「『私のせいじゃない』⁉　お前のせいだろう！　本来なら発表会の審査員《しんさいん》は全部ダレス家の者のはずだったのに。急遽《きゅうきょ》陛下まで参加させるとは！　お前が公子をたらし込んでそうさせたんだろう！」

更《さら》にぎりっと強く握られた肩に痛みが走り、思わず顔を顰《しか》めた。

「は、離《はな》して……」

「お前が……うわっ」

目の前には、ダレスを睨《にら》みつけながら彼の腕《うで》を捻《ひね》り上げている公子様がいた。

「彼女に触《さわ》るな」

「公子様……」

「クレイトン公子様……？」

冷ややかにダレスを見下ろす公子様は触《ふ》れれば切れてしまいそうなほど、怒っていた。

「ダレス＝サダ伯爵《はくしゃく》子息、貴様も学ばないな。何度同じことを繰《く》り返《かえ》す気だ」

そう言って、公子様はダレスを床《ゆか》に投げ飛ばす。

横にいたミリアも驚いたように目を見開いて固まっていた。

「クレイトン公子様……私は……」

「ミリア＝ヘンガー男爵令嬢《だんしゃくれいじょう》、ダレス＝サダ伯爵子息、貴殿《きでん》たちの家門に色々な嫌疑《けんぎ》がかかっているのを知っているか？」

「「は？」」

「カーティス領に頻繁《ひんぱん》に出没《しゅつぼつ》した盗賊《とうぞく》は、婚約《こんやく》関係にあった両家が結託《けったく》して盗賊行為《こうい》を行《おこ》なっていたとの証拠《しょうこ》が上がっている。今頃《いまごろ》当主たちは拘束《こうそく》されている頃だろう」

その言葉に、誰《だれ》もが目を見開いた。

「「盗賊……」」

「そうだ。成長著《いちじる》しいカーティス家を潰そうと隊商を襲《おそ》って得たものを横流しし、資産を増やし、カーティス家に多大な損害を与《あた》えた。盗賊たちには何かしら口止めの契約《けいやく》をしていたようだが、全員捕まったとなればあっさり吐いたよ。それも、捕まえたのはパレンティア嬢《じょう》だがな」

公子様の言葉に二人がこちらを睨みつけた。

びくりとその視線に怯《ひる》むと、公子様が私を庇《かば》うように前に立つ。

「君たちもそれに加担していたと証拠が上がっている」

そう言って、一枚の紙を彼らに見せつけた。

「アカデミーの高額な魔道具《まどうぐ》を不正に持ち出し、盗賊行為に手を貸していただろう？　手を変え、品を変え、どうりで中々捕まえられなかった訳だ。嫉妬《しっと》のあまり悪事に手を染めるとは……血は争えないな」

そう告げると、騎士《きし》団員が彼らを囲う。

「ち、違《ちが》うんです！　公子様！　私はサダ家に利用されただけで」

「ミリア!?」

騎士団に囲まれた隙間《すきま》からミリアが公子様に手を伸《の》ばす。

「君のアカデミーでの不正行為も全て調べが上がっている。それに盗賊行為は極刑《きょっけい》だ。言い訳は法廷《ほうてい》でするがいい」

「公子様……」

項垂《うなだ》れたミリアとダレスはそのまま騎士団に連行されていった。

「ありがとうございました。公子様」

「何をしているんだ、貴女は」

公子様は視線を合わせることなく、小さなため息をつく。

「あの……ミリアはやっぱり極刑でしょうか……」

「……先ほどはそう言いましたが、おそらく、両家共爵位《しゃくい》の剝奪に、領地は没収《ぼっしゅう》。家門に連なる者は皆《みな》身分を平民に落とされ、その中でも、一年中寒さの厳《きび》しい地域へ送られると思います。これから迎《むか》える冬の季節は彼らにとっても厳しいものとなるでしょう。……盗賊行為に手を貸した者は、一族郎党処罰《いちぞくろうとうしょばつ》されるが、これまで先代たちが築いた功績が考《こう》慮《りょ》されるものと思います。ただ、……捕まった盗賊たちは全員極刑となっています」

「そうですか」

彼女の今後は厳しいもののようだが、それでも命をつなげられるかもしれないと思うと安堵《あんど》のため息が漏れた。

「では、俺はこれ……で」

その時初めて公子様と視線が合った。

気づいてくれただろうか。

彼から贈《おく》られたドレスとイヤリングに。

けれど、彼の視線は、私の横にいた人物に注がれた。

「彼ですか？」

「え？」

「貴女が想《おも》い人とおっしゃった方は」

公子様が冷ややかにオルタの方を見ると、オルタの顔からサッと血の気が引いた。

「え⁉　あ、僕⁉　僕は、ただの従兄で、本当に、ただの従兄です。他に挨拶《あいさつ》に行かないといけないので、失礼します」

「オルタ……」

「じゃあ、ティア。僕は行くけど、……頑張って」

彼は、軽くウィンクをして颯爽《さっそう》と去っていった。

「良《い》いのですか？　彼、行ってしまいましたよ？　探していたのでは？」

「え？　違います」

探していたのは公子様で、オルタがこの会場に来ていることすら知らなかったというのに。

「でも、ずっと誰かを探していらっしゃったように見えましたが……」

「見てたんですか……？」

「……キョロキョロしているのが視界に入っただけです」

そう言うと、公子様はツイッと視線を逸《そ》らす。

たったそれだけのことで、胸がツキンと痛んだ。

「私は……公子様とお話がしたくて、貴方を探していたんです」

「……話？」

「はい、先日の発表会で……」

その時、彼の後ろから、淡《あわ》いグリーンのドレスを着た金髪の美しい女性が興味深そうにこちらを覗《のぞ》き込んでいるのに気づき、言葉を失う。

ファッションに疎《うと》い私ですら、一級品と分かるほどのドレスを身に纏《まと》い、立ち姿からは高貴さが滲《にじ》み出《で》ていた。

なんてお似合いな二人だろうか。

私のようなちんちくりんが彼の側《そば》に立っても、迷子を保護したのかと思われるぐらいだろう……。

あんなに酷《ひど》いことを言ったのだ。彼が、まだ私に心を残してくれているなんて幻想《げんそう》を抱《いだ》いてはいけない。

「パレンティア嬢？」

「あ、……ええと、貴方に謝りたくて。話も聞かずに公子様を非難したこと、本当に申し訳ありませんでした」

「パレンティア嬢が謝ることは何もありません。女性との噂を放置していたのは俺自身ですから……。信じられないと言われても仕方ありません」

「そうではなくて……」

沈黙《ちんもく》が広がり、緊張で言葉が出てこなかった。

「……話がそれだけなら、もういいでしょうか」

「あ……。その……」

彼は側にいた金髪の女性に視線を向け、手を差し出す。

「行きましょうか」

「あら、いいの？」

公子様にエスコートされて、ちらりとこちらを見た女性は、にこりと軽く会釈《えしゃく》した。

彼が背を向けた瞬間《しゅんかん》、思わず彼の袖《そで》を摑んでしまった。

──まだ言いたいことは一つも言っていない。

「え？」

驚いた公子様が紫水晶《むらさきずいしょう》の瞳を見開く。

「あ……あんなに、あんなに、たくさんの言葉と、たくさんの想いをくださったのに。

……全てを否定して罵《ののし》ることしかしなかったこと……、本当にごめんなさい」

失うものなんてない。

このまま終わらせたら、後悔《こうかい》しか残らない。

彼に他にどんな素敵《すてき》な人がいたって、何もしないまま終わらせたりしない。

だって、……。

「魔道具師《まどうぐし》としてもっと頑張ろうと、改めて強く思えたのは、貴方の言葉のおかげでした」

『好きなことは才能』だと。

どれほど嬉《うれ》しかったか彼に分かるだろうか。

あの時間が全て偽物《にせもの》だったなんて思わない。

「逃《に》げ出《だ》したのは……、貴方の目的が魔道具だったことに傷ついて……。私に気持ちがないと……。だって、公子様は経験が豊富で、私なんかに本気じゃないと、もし興味があったとしても……すぐに飽《あ》きられてしまうんじゃないかって……思ったからです」

もう、手遅《ておく》れだろうか。

それでも、この私の中に生まれた気持ちだけは否定したくない。

「……好きでした……」

その言葉に公子様の紫水晶の瞳が大きく見開かれた。

でも、既《すで》に彼の心を占《し》める人がいるのなら、……私がここにいて、二人の関係に波風を立てる訳にはいかない。

金髪のご令嬢が驚いたようにこちらを見ている。

最後ぐらい笑顔で言いなさい。

そう、自分を叱咤《しった》する。

「さようなら。彼女と、幸せになることを……祈《いの》っています」

そう言って、その場を離れようと体を反転した瞬間、大きな熱い手に腕を掴まれた。

「え？」

「言い逃げはダメでしょう」

そのままふわりと彼の腕の中に閉じ込められた瞬間、周囲から令嬢たちの黄色い悲鳴が上がった。

「……っ⁉　公子様？」

「貴女はもう俺の顔も見たくないだろうと思っていました。そのドレスも、礼儀《れいぎ》上……着てくれたのかと……」

「もの……すごく、勇気を出したんです……。本当はカーテンと一体化できそうなドレスにしようと思ったんですけど……」

そう言った公子様が、ふっと腕の力を抜いて、私の顔を上に向かせて覗き込んだ。

このタイミングで、その微笑《ほほえ》みは反則だ。

「綺麗です……」

彼の手が私の顔を固定しているから逸らすこともできない。

「側で……貴女の笑顔を見ていたかったんだ……」

ぎゅっと抱きしめられ、ふわふわとした喜びと、胸を締《し》め付《つ》けるような苦しさが体を襲う。

手遅れでもいい。

この腕の温《ぬく》もりだけでも、しばらくは生きていけるだろう。

頑張って魔道具を作って、世間に広めれば、彼が『それ』を使う度《たび》に私のことを思い出してくれるかもしれない。

とりあえずは、通信魔道具を完成させてみようか。目標が出来たじゃないかと、自分を叱咤する。

いつだって私はタイミングが悪い。

でも、サダ伯爵と同じく、これが私が招いた『結果』だ。いつまでも彼の心が自分に向いていると思うのは愚《ぐ》の骨頂だ。

――彼には既にもう相手がいる。

「彼女と、貴方の幸せを願っています……」

今はそう思えなくても、いつかそう思えるようになれたらいい。

「……彼女？」

少し間の抜けた公子様の声に、こちらがきょとんとする。

ちらりとグリーンのドレスの女性に視線を送り、公子様と彼女を視線で往復する。

「……恋人《こいびと》……ですよね？」

と、小さく言うと、信じられないという顔をして公子様が目を見開いた。

「あれは母です！」

「え⁉」

グリーンのドレスの美女は、ひらひらとこちらに手を振り、なぜかとても嬉しそうだ。

「え、え？　だって、さっき……奥の休憩室に……」

「あれは！　母がコルセットを締めすぎて苦しいと言ったから……。父が見当たらなくて仕方なく……」

「まぁ、仕方なくですって？」

「母上、言葉《いか》のあやです！」

笑顔で怒りの反論をした公爵夫人《こうしゃくふじん》に公子様が慌《あわ》てて返事をする。

「もう、公子様には相手がいらっしゃると……」

「そんなに簡単に忘れることなんてできませんよ」

「……だって、貴方は恋愛上級者《れんあい》だし、すぐにいい人が見つかってもおかしくないって」

「ですから、その考えは捨ててください。まるで私がそこら中の女性と恋愛していたかのような……」

「え、違うんですか？」

その問いに、公子様が固まった。

大きく息を吐いた彼が、コツンと私とおでこを合わす。

「貴女を忘れられたらいいと思います。でも、忘れられないからあんな……脅迫《きょうはく》まがいの結婚契約書《けっこんけいやく》まで提示して……。貴女の純粋《じゅんすい》さも、ひたむきさも、全てが俺の心を捉《とら》えて離さない。こんな気持ちにさせるのは貴女だけです」

彼の震《ふる》える手に、震える声に目を見開いた。

「貴女が……好きなんだ……」

その言葉に、涙《なみだ》が溢れ、私の顔に添《そ》えられた彼の手に、自分の手を重ねる。

「嬉しい……です」

そう微笑むと、彼の顔が更《さら》に近づいてきて、綺麗な紫水晶の瞳と視線がぶつかった。

「……君の目は、黒と言うより、スモーキークォーツのような濃《こ》い茶色だね」

「え？」

唐突《とうとつ》に囁《ささや》かれた言葉に息を呑《の》む。

「この距離《きょり》で見ないと気づけない……」

「あ、あの？」

「君のこの綺麗な目の色を、他の男に見せないでくれ」

そう近づいてきた顔に思わず目を閉じると、柔《やわ》らかくて温かい何かが額に落ちる。

恐《おそ》る恐る視線を上げると、腰《こし》から頽《くずお》れてしまいそうなほどの微笑みを湛《たた》えた公子様と視

線がぶつかった。

「これを君の指に戻すことができたら……と、未練がましくも持っていて良かったよ」

公子様は胸ポケットに手を入れて、私が突《つ》き返したあの魔法石《まほうせき》の指輪を私の左手に嵌《は》める。

そのままゆっくりと指輪にキスを落とされ、熱を帯びた紫水晶の瞳と視線がぶつかった。

「公子さ……」

「「「おめでとうございます!!」」」

突然大きな声がホールに響き、何事かと視線をやると、騎士団の制服を着た屈強《くっきょう》な男の人たちがわらわらとこちらに押し寄せてきた。

「え？　え？　え？」

その中でも、一際《ひときわ》体の大きな男性が一歩前に進み出てきたので、思わず体が強張《こわば》る。

肩にある階級章を見たところ、副団長のようだ。

「ライガー！　お前らも！　なんでここに……」

「だって、だって、団長の苦労がやっと……。本当におめでとうございます」

「あぁ、パレンティア嬢！　どうか、団長のことよろしくお願いしますね！」

彼らに悪意はない。

むしろ喜んでくれているのは見て分かるのだが、男性陣の圧に無意識に緊張する。

「あ、あり……ありが……」

「大丈夫ですか？」

「は、はい。大丈夫……です」

そう言いつつも、心配そうに声をかけてくれた公子様の服を、ぎゅっと掴んでしまい、一歩引きそうになるのをなんとか堪《こら》える。

その時、なぜか公子様の頬がほんのり桃色《ももいろ》に染まった。

え？　今頬染める要素ありました？

「いやー、自分だけに気を許す女性なんて、堪《たま》らない優越感《ゆうえつ》だね」

「殿下！」

ひょいとラウル様の横から顔を出した殿下に公子様が声を荒《あら》らげる。

「お前に女装を提案した僕は本物のキューピッドだろう？　いや、本当に良かったよ」

「ちょっ……殿下！」

「……女装？」

ラウル様の女装ってどういうことだろうと二人を見ると、ラウル様は額に手を当てて天を仰《あお》ぎ、殿下は楽しそうにイタズラっぽい笑《え》みを浮《う》かべていた。

「そう、中々捕まらない盗賊に痺《しび》れを切らした僕が、ラウルに『女装して囮《おとり》になってこい』って言ったんだよね。だから、君が会ったのはアリシア嬢じゃなくて、ラウルだよ」

「え？　じゃあ、……本物の、アリシア様は……？」

「はーい。私です！」

「ええ!?」

満面の笑みを浮かべて公子様の後ろから現れた銀髪に綺麗な藤色の瞳のご令嬢は、先ほど男性たちに囲まれていた女性その人だ。

公子様より頭一つ小さい彼女は、『社交界の薔薇《ばら》』と称《しょう》されるのに相応《ふさわ》しい出立《いでた》ちをしていた。

まさかの発言に驚くも、確かに、思い返せば納得《なっとく》いく点が多々ある。

騙《だま》していたと怒りたいところだが、盗賊討伐《とうばつ》のためと聞けば、そんな怒りも萎《しぼ》んでいった。

けれど、洞窟《どうくつ》で二人っきりになったり、一夜を明かしたことを思い返せば、羞恥心《しゅうちしん》で頭がパンクしそうで、何を言ったらいいか分からなかった。

「しかしあれだな、彼女のペースに合わせて物事を進めていたのでは、二人の結婚はいつになることやら。さっきのキスはおでこじゃなくて唇《くちびる》にするとこじゃないか？」

「本当、キスまでの道のりも遠そうですわね」

そんな会話をする殿下とアリシア様の言葉に、更なる羞恥で俯《うつむ》いてしまった。

ここは建国祭の中央ホールで最も人の多い場所だ。

そんなところで何をしているのかと……。

あぁ、本当に顔が熱い。

「さて、これで息子《むすこ》の結婚の心配もなくなって嬉しいわ」

公爵夫人の言葉にハッとして公子様を見上げた。

「あの、例の契約のことなんですが……」

「俺が提示した結婚契約書ですか？　大丈夫。ちゃんとそれは守りますよ。貴女は好きなように魔道具を作ってください。それからもし、いや、絶対有り得ませんが俺が浮気《うわき》した際の慰謝《いしゃ》りょ……」

「一箇所《かしょ》だけ書き換《か》えは可能でしょうか……？」

恐る恐る公子様に尋《たず》ねると、彼は一瞬《いっしゅん》固まった後、また少し頬を赤く染めた。

「え？　……あ、ああ！」

「二項《こう》……」「四項を！」

公子様と私の声が重なり、お互《たが》いきょとんとした。

「え？　夫婦《ふうふ》の寝室《しんしつ》じゃ……」

公子様のその言葉にカッと自分の顔が赤くなるのを感じる。

「え⁉　ち、違います、四項の『素材』の件です」

そう答えると、私たちの周囲に妙《みょう》な空気が流れ始めた、公子様も困惑《こんわく》の表情を浮かべる。

「……な、なんで四項なのか、理由を聞いても？」

「だって、……私のために危険なことはして欲しくないので……。『素材』のために、なんか……お仕事以上の討伐をされてしまいそうだし……」

「でも、必要でしょう？」

「素材より……、公子様の無事の方が大事に決まっているじゃないですか……。お願いですから……無理はしないでください」

あまりの恥《は》ずかしさに、そう小さく言葉にすると、ぎゅっと抱きしめられ、苦しさと恥ずかしさで硬直《こうちょく》する。

「貴女に心配をかけないと約束します」

「そういう約束は要《い》りませんので、無理をしないで欲しいと言っているのです」

そう答えると彼の腕の中に更に閉じ込められてしまった。

「彼女は男の扱《あつか》いが上手《うま》いね」

「ええ、お兄様は早速《さっそく》討伐に行って魔物《まもの》を狩《か》り尽《つ》くしてしまいそうだわ」

そんな殿下とアリシア様の会話に、なんでそんなことになるの？　と思わずにはいられない。

「公子様、それから……、私のことはティア……と呼んでもらえると嬉しいです。それから敬語もなしで。何だか、年上の公子様に敬語を使われるのは……申し訳なくて……」

彼の腕の中から見上げて言うと、公子様が優しく微笑む。

「分かった。じゃあ、君も『ラウル』と」

「……っ」

それは腰の奥に響くような微笑みで、思わず足の力が抜けそうになり返事に詰《つ》まってしまった。

「どうした？　ティア？　呼んでごらん？」

その言い方が耳をくすぐるような、吐息《といき》混じりで名前を呼ばれて、己《おのれ》の過《あやま》ちに気づいた。

——『また』、失敗だ。

敬語をやめてなんて言うんじゃなかった。

どうした？　と小首を傾《かし》げるそれだけの仕草が、あまりに破壊《はかい》力が強く、貴方がどうしたと叫《さけ》びたい。

突然の今まで以上の色気の暴力になす術もなく、ただただ彼の腕の中で硬直する。

「あー、パレンティア嬢やっちゃったね」

「ですわね。兄様の化けの皮が剝《は》がれましたわ」

「敬語でなんとか理性保ってた感あるもんね」

「最後の砦《とりで》的な？」

そんな会話など耳に入ることなく、ただ思考が停止する。

「ラウルはさ、来るもの拒《こば》まず去るもの追わずって言われてるけど、気に入ったものにはとことん執着《しゅうちゃく》するからな。僕、昔ラウルにお気に入りの剣《けん》をくれって言ったら、いつもは譲《ゆず》ってくれるのにくれなくてさ」

「ああ、ありましたわね。そんなこと」

「で、後日その剣を無くしたって言ってたんだけど……」

「自分の部屋の宝物箱に、誰にも見られないように隠《かく》してましたわね。……彼女が心配だわ」

二人がボソボソと何か会話しているが、公子様の腕に閉じ込められた私の耳には届かない。

「あらあら、大丈夫ですわよ、アリシア様、殿下」

「カーティス伯爵夫人《はくしゃくふじん》」

「あの子も、好きなものには『とことん』のめり込む子ですから」

「……あぁ～。確かに」

そんな会話をしていたことを小一時間後、ラウル様の腕から解放され、瀕死《ひんし》の状態で知ることとなった。

END

あとがき

ご無沙汰《ぶさた》しております。柏《かしわ》みなみです。

この度《たび》、ビーズログ文庫様で三冊目となる『悪評令嬢《れいじょう》なのに、美貌《びぼう》の公子が迫《せま》ってくる』をお手に取っていただき、本当にありがとうございます。

前作に続き、担当してくださった編集のO様。素敵《すてき》すぎるイラストを描《か》いてくださったザネリ先生、そしてこの本の制作全てに携《たずさ》わってくださった関係者の皆様《みなさま》に、この場をお借りして深く御礼《おれい》申し上げます。


今回の追っかけラブコメはいかがでしたでしょうか？

ウェブ版とは大きく異なる内容となりましたが、二人のやりとりも増えて、より楽しんでいただける内容になったのではないかと……思っております。

今作品は特にラブコメに振《ふ》ったつもりでしたが、私のシリアスがニョキニョキと顔を出しては、『引っ込んどれ～！』と抑《おさ》えつつ、楽しく二人のやりとりを書くことに専念したつもりです。……つもりなんです。

書きたかったのは、モテる男に翻弄《ほんろう》される令嬢！　と見せかけてそんな令嬢に翻弄されて必死になるイケメンヒーローを見たい！　というところでした。二人を見守るブランカの心情は私の心情と言っても過言ではない、ツッコミ的ポジションです。

今後のラウルとパレンティアは、間違《まちが》いなく『恋人《こいびと》として中々進展しない二人』と皆様想像されることと思います。

恋愛《れんあい》経験豊富すぎるラウルは、次に進みたいのにパレンティアの純真さとテンポに合わせて、何も出来ずに悶々《もんもん》とする……、でも可愛《かわい》いから満足、いや、でも……を想像して楽しんでいただければと思います。

さてさて、ラウルの我慢《がまん》の限界が来るのはいつのことでしょう。笑。

ええ、モチロン作者も日々、そんな二人を自転車を漕《こ》ぎながら妄想《もうそう》しております。

それでは、また皆様にお会いできる日を夢見て……。

柏みなみ

■ご意見、ご感想をお寄せください。
《ファンレターの宛先》
〒102-8177 東京都千代田区富士見2-13-3
株式会社KADOKAWA ビーズログ文庫編集部
柏みなみ 先生・ザネリ 先生

ビーズログ文庫

●お問い合わせ
https://www.kadokawa.co.jp/（「お問い合わせ」へお進みください）
※内容によっては、お答えできない場合があります。
※サポートは日本国内のみとさせていただきます。
※Japanese text only

悪評《あくひょう》令嬢《れいじょう》なのに、美貌《びぼう》の公子《こうし》が迫《せま》ってくる

柏《かしわ》みなみ

2024年5月15日 初版発行

発行者 山下直久
発行 株式会社 KADOKAWA
〒102-8177 東京都千代田区富士見2-13-3
（ナビダイヤル）0570-002-301
デザイン 島田絵里子
印刷所 TOPPAN株式会社
製本所 TOPPAN株式会社

ISBN978-4-04-737969-5 C0193

定価はカバーに表示してあります。
◇◇◇